COLLECTION FOLIO

Bourbon Busset
de l'Académie française

Lettre à Laurence

Gallimard

Bourbon Busset est né en 1912 à Paris. Il a fait ses études secondaires au lycée Henri-IV, où il fut l'élève d'Alain. En 1932, il est reçu à l'École normale supérieure (Lettres). Il prépare ensuite le concours diplomatique. En 1952, il est nommé directeur des Relations culturelles du Quai d'Orsay. En 1956, il demande à quitter ses fonctions pour pouvoir se consacrer à la littérature. Il est membre de l'Académie française depuis juin 1981.

On peut distinguer deux volets dans son œuvre. D'une part des romans, poussés même parfois jusqu'au fantastique, comme *Le Lion bat la campagne*, *Laurence de Saintonge* ou *Le berger des nuages*. D'autre part un journal en dix volumes, *Le livre de Laurence*, qui, au jour le jour, au contact de la nature, est une tentative de déchiffrement de notre monde, et aussi du plus intime de chaque homme, à la lumière d'un amour fou durable, d'un engagement passionné.

J'ai connu la grâce de vivre un grand amour partagé. C'est à toi qu'en revient le mérite. Du premier au dernier jour, tu m'as devancé. Je n'ai fait que te suivre. Les dernières années pourtant, j'ai comblé mon retard et cela a été, pour nous deux, la source d'une joie extrême.

Il fallait ta mort pour que certaines choses pussent être écrites. Souvent, tu me l'avais dit. J'avais protesté, tout en te donnant secrètement raison.

Désormais nous sommes tout le temps ensemble. C'était ton rêve. Il est accompli. Il m'a fallu du temps et du courage pour le comprendre. Maintenant encore, par moments, je lâche pied. Tu es là et tu m'aides. Je ne veux pas te décevoir. J'essaie de me montrer digne de ton âme intrépide.

À toi seule je pouvais dire certaines choses. Je te les disais mieux qu'à moi-même. J'ai besoin de penser que tu lis par-dessus mon épaule pendant que j'écris.

Le petit avenir qui me reste n'a de sens que si tu demeures mon témoin et ma complice. Pendant longtemps je n'ai pas été à ta hauteur. Le paquet mal ficelé de calculs et de passions qui pèse sur quiconque se mêle de la chose publique me servait d'alibi pour justifier que mes sentiments fussent inférieurs aux tiens. Plus tard je n'ai eu ni honte ni scrupule à faire de toi ma nécessité. Avec les années on apprend l'essentiel, que l'opinion des indifférents n'a aucune importance, qu'il est stupide de sacrifier ne serait-ce qu'une minute de joie au monstre flasque du qu'en-dira-t-on. Pendant quarante ans tu as été ma raison de vivre.

Ta place en moi aurait été moins grande si je n'avais été assez convaincu de la dérision de l'activité humaine. Tu n'avais pas à redouter la concurrence d'une idéologie, d'une utopie, ni même simplement d'un système. Tu as fait les premiers pas, ceux qui engagent, et ensuite tu t'es jetée à corps et cœur perdus dans l'aventure. Je n'ai pas compris, je ne comprends toujours pas pourquoi. Ne manquaient pas autour de toi des hommes séduisants et de grande valeur. Pourquoi moi ? Je te disais que tu te montais la tête. Ce n'était pas fausse modestie de ma part ou tentative de prêcher le faux pour savoir le vrai. Il y avait une inexplicable disproportion entre tes sentiments et l'homme que je suis.

Comment se fait-il que chacun ait si entièrement occupé l'autre ? Occupé, et non possédé ou dominé. Tout s'est passé comme si nous avions ressenti la nécessité de nous mettre à deux pour interroger le monde et en tirer quelques certitudes provisoires. Mais pourquoi moi, pourquoi toi ?

Je n'arrive pas à retrouver cette Laurence qui, un soir d'hiver, m'a reçu pour la première fois rue de Nevers. J'imagine sa coiffure, sa voix, son expression un peu tendue, sa démarche quand elle se lève et se rassoit mais ce ne sont là que les éléments d'un ensemble qui m'échappe. Celle qui a été à l'origine de tout, je l'ai perdue à jamais. Bien sûr, je retrouvais, sur ton visage et ton corps, certains reflets, certaines traces, mais l'attentive et inquiète de jadis, c'était la sœur aînée que tu n'as jamais eue. Pour moi, tu étais la cadette, sinon la fille de cette Laurence de trente ans. Tu descendais de toi-même, comme le feu qui ne cesse de s'enfanter.

En quarante ans, chacun de nous a changé ; notre relation, elle aussi, a changé mais il y a eu, inchangé, le désir de la présence de l'autre. Nous n'avons jamais connu ces périodes, familières à beaucoup de couples, où surgit l'envie de prendre du recul l'un vis-à-vis de l'autre, où une séparation de quelques jours, voire de quelques semaines, apparaît comme bénéfique pour les deux. Chaque fois que les circonstances nous ont tenus éloignés l'un de l'autre, nous en avons souffert. Nous étions en état de manque. Je me souviens de ce soir à Orly, c'était en septembre 1947, où je me suis envolé pour New York avec Georges Bidault et Maurice Couve de Murville. Tu avais voulu m'accompagner à l'aéroport. Comme il y avait là beaucoup de mes collègues du quai d'Orsay venus saluer leur ministre, tu t'es efforcée de faire bonne figure mais tu jouais bien mal la comédie. À travers le sourire de convention on devinait les larmes toutes proches. À l'époque les avions étaient moins nombreux et plus petits. Il t'a fallu attendre quinze jours avant de me rejoindre. À l'aéroport de La Guardia, tu m'as raconté en riant que par suite d'un mauvais réglage du système de chauffage l'avion avait failli griller en plein vol. Tu me regardais, étonnée de me revoir. Tu jetais à peine un coup d'œil au merveilleux spectacle de Manhattan illuminé. Tu voulais d'abord t'assurer de ma présence.

Notre vie, alors, était encore à faire. Ensuite, elle ne pouvait plus se défaire. Nous avions atteint un point de non-retour, le point où deux êtres ne peuvent plus se séparer. Nul de ceux qui nous ont approchés et connus ne pensera jamais à l'un sans penser à l'autre. Cela, au moins, est acquis et personne ne peut nous l'ôter. La volonté secrète de mes livres est là : tisser une toile où nos deux destins sont inextricablement entrecroisés, décrire notre réalité, telle qu'elle était, et je savais que tu désirais passionnément être associée à ce que je faisais. Naturellement, tu aurais pu dire cela pour me faire plaisir mais je ne t'ai jamais surprise fardant tes sentiments. Si tu avais dû modifier leur expression, c'eût été plutôt dans le sens de la litote, pour ne pas me gêner, pour me laisser une liberté dont je n'avais plus cure. En fait, depuis plus de quarante ans, ma vie reposait sur un acte de foi, sur la conviction de ton absolue sincérité. Je ne t'ai jamais prise en défaut, tous tes actes (et les actes seuls comptent) ont toujours été conformes à tes sentiments et souvent les ont dépassés. Es-tu une exception, une nature particulièrement passionnée ? Je n'en sais rien. Dans beaucoup d'eaux dormantes reposent des ouragans en puissance. Tu es l'être que je connais le plus intimement. Je ne puis te comparer à d'autres que j'ai connues beaucoup moins longtemps ou d'une manière épisodique.

Pour penser à moi je pensais à toi. Il n'est jamais nécessaire de penser à soi, mais c'est parfois inévitable. Alors je cherchais à imaginer les conséquences sur ta vie des projets que je formais. Jour après jour, année après année, tu étais devenue la sœur que je n'avais pas eue. Aussi y avait-il quelque chose d'incestueux dans notre amour. Dès les premiers jours, j'ai vu briller dans tes yeux sombres un feu que j'ai reconnu. C'était un signal et un appel, l'aveu d'une ressemblance que nous avons passé notre vie à approfondir et à manquer. Je l'ai toujours pensé, l'amour vit d'une ressemblance manquée. Si elle était atteinte, on tomberait dans l'ennui. Cette ressemblance poursuivie et toujours fuyante n'a cessé de nous provoquer. Peut-on la définir ? Nos tempéraments et nos goûts étaient aussi différents que possible, toi combative, moi conciliant, toi pensant avec les mains, moi chevauchant les nuages. Pourtant il y avait entre nous une complicité d'esprit, la même conviction qu'il existait un absolu et que tout était subordonné à sa recherche.

Sur ton lit de malade, alors que tu croyais que tu allais mourir et que nul autour de nous ne soupçonnait nos liens, tu me dévisageais avec la fierté triste de ceux qui se sont approchés de l'essentiel et à qui, au dernier moment, il est refusé. Tu écartais doucement les vagues paroles de consolation ou d'encouragement. Beaucoup plus tard, en 1979, à l'hôpital, alors que tu souffrais de maux de tête affreux, je t'ai vue pleurer de douleur. Tu prenais ma main comme on se saisit d'un objet familier et j'avais la joie de ne pas me sentir tout à fait inutile. Trente-cinq ans environ séparent ces deux événements. Je les vois tout proches. Les deux fois, j'ai surpris la flamme invincible de l'âme, de cette puissance sans lieu qui ne peut se passer d'un lieu pour se manifester.

Une vie n'est pas faite que de temps forts. Il y a cette longue série de jours et de nuits, ces quinze mille jours, ces quinze mille nuits, que ma mémoire est impuissante à peupler d'événements, de paroles, de spectacles. Tout cela est tombé dans le gouffre. J'en viens à penser que le temps n'existe pas, qu'il n'est pas cet ennuyeux boulevard que nous mettons un certain nombre d'années à parcourir, de la naissance à la mort, que, s'il a une substance, elle est d'un autre ordre. Je le vois comme un morceau de canevas, d'une dimension déterminée, qu'il nous appartient de charger de motifs à notre guise. S'y mêlent dans un désordre voulu ou un ordre involontaire les fils blancs de l'enfance, les fils verts de l'adolescence, les fils rouges de la jeunesse, les fils bruns de la maturité, les fils bleus du grand âge. On arrache certains fils, on en ajoute d'autres, on les marie, on les sépare, comme on fait avec des graines, des bulbes et des rhizomes. Cela ressemble au jardinage mais c'est un jardinage risqué car, à tout moment, on peut tout gâcher à jamais.

Voyais-tu l'écoulement du temps comme je le voyais ? Je n'en suis pas sûr. Tu étais plus sensible que moi à la perte, à la disparition, à l'usure. Pour ma part, je m'étonne toujours que tant de choses subsistent et que l'univers ne soit pas un palais en ruine. J'ai d'ailleurs pour les ruines un goût que tu ne partageais pas. La revanche que le végétal prend sur les constructions de l'homme et qui est si brutalement visible à Angkor où le banyan descelle la pierre, la déchausse, la met à la torture, loin de m'attrister, me donne le sentiment de la victoire de la vie sur cette mort emmagasinée que représente pour moi tout produit de l'industrie humaine. Je préfère l'obscure obstination de la plante aux ingénieux bricolages par lesquels l'homme croit mimer le vivant. Il y a dans l'entêtement de l'arbre une force sereine, un art de prendre son temps qui me paraissent de meilleur conseil que l'agitation du technicien, sans cesse contraint de jeter à la poubelle l'avant-dernier modèle dont il était fier.

Je te disais parfois que toutes nos conversations, que toutes nos étreintes étaient destinées à culminer en un unique entretien où nous arriverions à nous communiquer le point ultime où chacun était parvenu. C'était une chimère mais une chimère utile. Elle nous relançait, aux moments de fatigue et de relâche ; elle nous obligeait à aller de l'avant, vers cette vérité qui se dérobait, dont la mission est peut-être de se dérober sans cesse pour assurer le bon fonctionnement de l'esprit. Bien sûr on peut vivre sans la vérité (vérité étant le plus commode des mots qui s'offrent, tels qu'absolu, être ou infini). Mais, ce qui nous avait tout de suite rapprochés, quand nous en étions encore à prendre nos mesures, ce fut une commune exigence, une exigence de vérité, non pas de vérité sociale, expression qui n'a aucun sens, mais, comme disent les enfants, de vérité vraie. Depuis, nous n'avons guère changé. Nous vivions sur cette ressemblance manquée, cette dissymétrie dans la symétrie qui nous faisait chercher le même secret par des méthodes différentes.

Nos méthodes différaient mais nous cheminions sur le même chemin. Pourquoi, séparé de toi, t'imaginais-je si souvent te hâtant, le corps légèrement penché, les yeux brillant d'impatience, le long d'un layon, entre chênes et pins ? C'est que je voyais notre histoire comme une longue marche qui n'était fructueuse que grâce à ton allure intrépide. Seul, j'aurais musardé et me serais plus ou moins volontairement égaré. Naturellement, tout cela était beaucoup plus compliqué. Comment s'aimer dans l'entière clarté ? Il est nécessaire que subsiste une zone d'ombre. Heureusement, une certaine obscurité, celle des sous-bois mangés par la brume du matin ou du soir, ne cessait d'accompagner les voyageurs que nous étions. Nous la faisions lever sous nos pas. Elle nous provoquait et, dans ses formes incertaines, nous lisions une promesse autant qu'une menace. Certes la mort nous attendait, nous priions Dieu qu'elle nous cueillît à la même heure. C'était beaucoup demander.

Étais-je intoxiqué au point de ne point faire la distinction entre toi et moi ? Non, je n'étais pas intoxiqué par toi. Mais je recourais à toi pour intoxiquer le monde. Ton regard grave et rieur, je l'appliquais sur le réel. À travers cette grille les choses m'apparaissaient plus colorées, plus denses, plus savoureuses, plus tragiques aussi. J'ai appris par toi que le passage de l'amour de la vie au désir de la mort n'était pas un défilé long et difficile mais, au contraire, une brusque et imprévue coupure sur le chemin familier, une défaillance brutale dans l'ordre des choses pouvant intervenir à tous moments. Rien n'est jamais acquis, tout peut être remis en cause à chaque instant. Le secret de la liberté est dans ce pouvoir de bouleverser d'une intonation, d'un geste ce qui a été patiemment construit et, en sens inverse, d'illuminer d'un sourire les ombres accumulées et de les dispersser. L'étendue d'un tel pouvoir est méconnue. Pourtant, l'homme qui dirige un État, qui ne fait que choisir au hasard entre de grands inconvénients sinon entre des catastrophes, est moins puissant que celui à qui a été accordée la grâce de transformer d'un seul mot un visage.

Je te revois, un de ces soirs où rôdait la rupture. C'était, je crois bien, rue Cujas. Nous ne parlions pas. Nous descendions vers les lumières du boulevard Saint-Michel, comme vers le lieu où l'inévitable apparaîtrait dans son éclatante cruauté. D'un commun accord, sans nous le dire, nous ralentissions le pas. Nous ne voulions pas être pris par surprise. Je me sentais coupable. Tu ne te sentais pas victime. Tu étais au-delà du petit jeu des responsabilités assumées ou esquivées, des dénégations soutirées, des faux aveux et des mensonges véridiques. Tu étais ailleurs, dans la région froide et perdue où souffle le vent du désespoir. Je reconnaissais ce vague sourire, cette barre entre les sourcils, ce pli de la bouche et ce mouvement des épaules qui m'en évoquait d'autres, mais celui-là n'était pas un mouvement d'élan. Pour toi, il ne s'agissait plus que de supporter.

Je te voyais te courber, comme si tu voulais offrir moins de prise et ramasser tes forces autour d'un dernier bastion. Tu te refusais à céder sans combat. Ce combat était un combat intérieur, obscur, sans pitié ni merci, d'où tu sortais décidée à remonter lentement la pente.

De tels moments, je les ais revécus plus tard, aussi intenses, aussi imprévisibles. Toujours par ma faute, comme si je ne pouvais m'empêcher de lâcher la corde qui te retenait. Une curiosité malsaine me poussait à voir jusqu'où pouvait aller la décomposition d'une voix et d'un visage, quitte, à l'avant-dernier instant, à saisir la corde et à la remonter. Déjà la douleur était asséchée par le soleil d'un nouvel espoir. La palpitation d'une âme donne parfois autant de jouissance que celle des corps.

Je ne t'ai jamais vue pécher contre l'espérance. Je crois que c'est pour cela que je te mets à part et au-dessus. J'ai connu des femmes et des hommes aussi courageux, aussi énergiques, pas tellement d'ailleurs, mais je n'ai rencontré chez personne cette puissance de rebond, ce refus de se laisser abattre et d'abandonner la partie. La mort de Robert t'a déchirée au plus profond, et à jamais, mais n'a pas brisé ton énergie. Disposition native ou éducation de la volonté ? Les deux bien sûr. Une grâce aussi, qui t'a habitée, du jour où tu as compris que tu allais pouvoir vivre l'absolu d'un amour.

Naturellement, tout cela remonte à ton enfance. Ta mère aimait Wagner et t'a fait entendre, quand tu étais encore tout enfant, *Le Vaisseau fantôme*. Tu t'étais alors juré que tu serais Senta ou rien. Les années ont passé et le hasard a fait que j'ai joué le rôle du Hollandais volant. Telle fut ma chance, la grande chance de ma vie, à côté de laquelle j'ai failli passer.

Quand il s'agit de celle qui vous importe plus que tout au monde, on n'est pas objectif certes, mais l'objectivité compte peu, elle peut même desservir. Ce qui est essentiel, c'est d'avoir, face à soi, une résistance, une résistance complice, telle que seul l'être aimé peut en offrir. Alors on a une chance de se rapprocher du secret qui fait tenir ensemble ce chaos d'impressions, de calculs, de fantasmes qu'on appelle une personne. Le secret, c'est que l'unité tant recherchée existe à cause du regard de l'autre. Ton regard a créé mon unité. Je ne me sentais un que sous ton regard. Je pense que chacun de nous est en mesure de faire exister un être, un seul (c'est déjà beaucoup). On devient soi par l'autre.

Proust dit que l'amour est « le temps rendu sensible au cœur ». Sans un amour profond le temps est, en effet, bête comme une voie de chemin de fer. On y va de gare en gare. L'amour change la couleur du temps. Des points lumineux s'allument, s'éteignent, se rallument après des années. Les mois, les semaines, les jours sont multicolores. Il en est de noirs, de bleus, de rouges, d'écarlates. Le temps n'est plus un long chemin qui s'étire tristement, c'est un feu d'artifice où les fusées de la joie s'efforcent d'éclairer la nuit obscure.

Tu es là, devant moi, dans ce café bruyant aux environs de la gare Saint-Lazare. Je me débats, cherchant à échapper à mon destin, non que je le refuse, mais parce que j'ai l'illusion, propre à la jeunesse, que je suis maître du moment de la décision, que le temps est un serviteur qui attend mes ordres. Tu as mon âge mais ignores cette sotte superbe. La dignité craintive de l'amour t'a appris l'humilité devant les événements. Tu sais qu'on peut recourir à eux comme à des tremplins ou à des garde-fous, et c'est tout. Tu écoutes couler dans ton cœur les phrases qu'un acteur débite à ma place. Certaines te sont douces, d'autres très amères. Tu ne laisses rien voir, ayant appris, depuis l'enfance, à « porter beau », comme tu dis avec un mélancolique sourire.

Pourquoi me plais-je à évoquer les trop nombreux instants où tu as tenu l'emploi de la victime ? Le sadisme masculin n'est pas une explication suffisante. Je pense que s'y ajoute le désir de montrer aux autres et à moi-même à quel point j'ai eu raison de te faire confiance. Faire confiance à un être est parfaitement déraisonnable. Chacun sait, par sa propre expérience, que le moi n'est que sables mouvants. Comment se fier à des sables mouvants ?

Ta loyauté était totale mais je savais très bien que je ne pourrais plus compter sur elle si tu cessais de m'aimer. C'était une loyauté conditionnelle, tu étais la première à en convenir. Ce qui est dangereux et presque absurde, ce n'est pas de faire confiance, c'est de compter sur la constance d'un sentiment. Du jour au lendemain, si tu avais constaté que tu ne m'aimais plus, je n'aurais plus existé pour toi. Pourquoi continuais-tu à m'aimer ? Quand je te le demandais, tu me répondais qu'il en était ainsi et voilà tout. C'était à la fois rassurant et inquiétant. Parfois je m'étonnais que ma raison de vivre dépendît d'un changement qui m'échappait entièrement, sur lequel je n'avais pas plus de prise que sur un orage ou un séisme.

Et puis, au réveil, je te retrouvais telle quelle, noyée dans le sentiment de notre commune présence et je rendais grâces.

J'oscillais entre l'obsession et la mobilité, l'attachement au même et la poursuite de l'autre. Ton visage et ton corps me servaient de point de départ et de point d'arrivée dans les deux cas. J'étais si convaincu du peu de réalité du monde extérieur qu'il me fallait le secours de ton visage et de ton corps pour donner à mon existence un peu de vraisemblance. Tu ne cessais de venir à l'aide du monde que mon fantasme fondamental ne cessait de nier. Certains font appel, à leur insu, à d'autres intermédiaires pour combattre la tentation du nihilisme. Ils se drapent dans le métier à exercer, la patrie à défendre et, pour la plupart, plus naturellement et plus légitimement, la famille à nourrir. En tout état de cause, il s'agit de s'enraciner pour survivre. Ma relation avec toi était plus complexe. Tu ne me proposais pas une activité capable de me détourner de la contemplation du néant, tu me donnais à voir un fragment du réel dont je ne pouvais contester l'évidence. Tu étais pour moi ce qu'il y avait de plus réel dans le réel. Par ton entremise, j'entrais en contact avec les forces élémentaires, je touchais le substrat de l'univers. La fonction de la femme est d'assurer la liaison entre l'être humain et le cosmos.

Beaucoup de femmes s'en doutent confusément. Certaines, égarées par les prestiges de l'intelligence pure et délirante, le nient. Quelques-unes non seulement l'admettent mais font de leur mieux pour transmettre le message. Tu étais de celles-là.

Quand je te voyais, courbée en deux, arrachant les mauvaises herbes, arrosant les fleurs, préparant les plants, je voyais, en même temps, la foule des femmes qui, en tous siècles et tous lieux, ont cherché à aménager, améliorer, embellir le petit morceau de planète qui leur avait été confié. Tu n'étais qu'une parmi les autres et je t'enviais d'être ainsi vouée à une tâche immémoriale, face à moi, le bricoleur de mots, ombre traquant des ombres, spécialiste de l'irréel. Tu te réjouissais d'être ainsi une chose au milieu des choses. Tu voulais que les arbres et les animaux te voient comme un des leurs. Tu aurais aimé n'être qu'un élément du paysage, de ce paysage dont tu rêvais de partager la sérénité. Le paysage te rendait la politesse en te passant un peu de son énigmatique nonchalance. En fait, tu m'apparaissais comme un paysage. La construction de ton visage, le rapport de celui-ci au corps, tout m'évoquait l'harmonie qui règne entre un bois, une prairie et un étang où se reflète le ciel. Tu n'étais pas une de ces poupées mondaines qui grimacent au commandement des meneurs de la mode. Tu étais modeste et grave comme le sont les êtres très simples qui voient dans la complicité de la terre avec le soleil, la pluie et le vent le modèle de la vie authentique. Tu ne méprisais pas les phrases des hommes dont tu savais te servir mieux que quiconque mais les mettais à leur juste place qui n'est pas, de loin, la première. Ainsi t'acheminais-tu vers la fin de tes jours, convaincue que tu ne mourrais pas tout entière, pas plus que ne peut mourir la musique de l'amour.

Tu n'avais pas été toujours ainsi. Je t'ai connue intellectuelle manieuse d'abstractions et férue de théories. Ce n'était qu'un revêtement protecteur qui te permettait de cacher ta nostalgie de la vie au plus près de ta sœur la nature, cette vie que tu avais connue, enfant, lors de tes vacances en Saintonge et que tu craignais d'avoir perdue à jamais. Tu t'étourdissais de formules péremptoires pour oublier l'incertitude des matins et la défaillance des soirs sur les grandes étendues herbeuses et aquatiques du pays d'Arvert. Tu jouais avec les concepts pour ne pas rêver au jeu des vagues et du sable.

Diligente et calme au milieu de ton peuple de plantes, tu évoquais pour moi ces créatures de l'antiquité, mi-divinités, mi-femmes qui hantaient les forêts et se plaisaient près des sources. Tu leur devais ces gestes qui paraissaient venir des profondeurs du temps et cet abandon attentif qui fait la force de toutes les femelles, face à l'arrogante impatience des mâles. Je me disais que tu avais renoncé, une fois pour toutes, à l'agitation des hommes et cherchais, sous le tapis des feuilles mortes et des aiguilles de pin, non pas quelque dérisoire trésor mais la force secrète qui donnerait à tes filles, les fleurs, longévité et éclat.

Cette harmonie avec la nature m'aurait sans doute paru suspecte si, dans l'étreinte, tu n'avais manifesté le même accord profond avec les voix de la chair et du sang. Tu étais de plain-pied avec les forces de la vie. Cela te valait parfois l'animosité de ceux que leur passivité conduit plus à déplorer qu'à réagir. Tes yeux brillants et enthousiastes agaçaient les âmes molles qui, érigeant leur inertie en système, se plaisent à confondre génie et échec.

Tu m'as demandé en décembre 1980 de t'emmener à Marrakech dont tu avais conservé un souvenir de lumière dure et pure. C'était trois mois après la mort de Robert. Tu ne pouvais pas encore prononcer son nom sauf devant moi, en tête à tête. Tu faisais semblant de vivre et je t'aidais, comme je pouvais, à jouer cette comédie. Tu avais pensé que le dépaysement éloignerait l'événement dont l'évocation la plus indirecte suffisait à te mettre hors de toi-même. Tu n'y comptais guère mais tu voulais tout tenter pour remonter la pente.

Nous visitions la ville, ses jardins, ses palmeraies en calèche. Le soleil de janvier réchauffait sans brûler. Le pas nonchalant du cheval nous berçait. Chaque fois que tu t'exclamais devant un monument ou un point de vue, je me réjouissais secrètement de te voir reprendre goût à la vie, tout en sachant très bien que tu feignais l'intérêt ou l'amusement pour me faire plaisir. Nous étions habitués depuis longtemps à ce jeu où chacun s'efforce de rassurer l'autre sans se faire beaucoup d'illusions sur l'efficacité de la manœuvre. Dans la calèche qui nous emmenait au jardin de la Menara je sentais intensément à quel point je tenais à ton bonheur. Assez puérilement, j'avais cru en faire mon affaire. La fatalité m'avait rappelé à la réalité. Cependant, je me refusais à baisser les bras, j'étais résolu, plus que jamais, à faire tout ce qui était en mon pouvoir pour écarter de toi le désespoir ou la morne résignation.

Nous parlions souvent de Robert, plus souvent encore que de son vivant. Ne pas oser parler des morts, c'est les faire mourir une seconde fois. Toutefois, je prenais des précautions. Certaines images sont terriblement précises et profitent de la moindre faille pour se précipiter. Brusquement tu détournais la tête, ton visage se figeait, tes yeux s'assombrissaient. Je ne te posais pas de questions, j'attendais la fin du passage du nuage noir.

J'ai vu se transformer ainsi subitement le visage de ma mère dans les mois qui ont suivi la mort de mes deux frères. J'avais donc l'habitude, mais précisément, dans cet ordre-là, l'habitude ne joue pas. C'est, chaque fois, le même coup de poignard porté par l'infaillible mémoire et, chaque fois, la même incapacité à parer le coup.

De ce voyage au Maroc, en décembre 1980, je garde un souvenir différent de tous mes autres voyages. C'était un voyage de fuite mais d'une fuite que nous savions, d'avance, condamnée à l'échec. Il s'agissait plutôt de gagner du temps contre la douleur et il nous semblait plus aisé d'en gagner au loin, sous un autre climat, qu'en restant sur place. En réalité, nous avions emmené Robert avec nous et pensions ainsi le conserver plus longtemps à l'abri de la morsure de l'oubli.

Péguy parle de cette « espèce de honte » et de « cet affreux sentiment de responsabilité qu'il y a dans la paternité ». Il dit qu'on voudrait se faire pardonner et faire tout pour qu'au moins les enfants qu'on a mis au monde ne soient pas malheureux. Cela est vrai mais il est beaucoup plus cruel de se dire qu'on ne peut plus rien faire pour l'un d'entre eux, que c'en est fait à jamais, que jamais plus on ne pourra risquer un mot, un geste, un acte qui lui seront utiles, qui l'aideront peut-être à franchir une passe difficile, sans même, d'ailleurs, qu'il s'en rende compte. Mais, bien sûr, ce jamais plus s'applique à tout et rend intolérable des pans entiers du passé et de l'avenir.

Je t'ai ramenée de Marrakech avec une double pneumonie. J'ai joué, une fois de plus, mon rôle de garde-malade, rôle qui me donnait l'impression de ne pas être inutile. J'ai essayé de t'aider à revivre. Avec quelle joie je t'ai vue reprendre des forces ! Une convalescence ressemble au début d'un amour. Le sentiment du danger couru, comme la crainte de la rupture, serre le cœur et introduit le vertige du doute là ou la confiance et la joie désirent régner sans partage. Aussi un amour partagé est-il aussi tragique qu'un amour malheureux, moins déclamatoire mais aussi chargé de drames et de terreurs. Je l'ai souvent dit : l'alliance de deux angoisses crée un espace d'espoir. Il y a là un grand mystère. Comment expliquer que les angoisses ne s'additionnent pas ? Certes elles ne s'annulent pas mais, en quelque sorte, s'entraident, chacune ayant sa couleur propre et trouvant dans l'autre une diversion qui la sort de la monomanie et lui montre qu'il y a d'autres manières de souffrir, de redouter et sans doute d'espérer.

Dans l'avion du retour, au milieu d'une foule de touristes bruyants et faussement gais, je te sentais trembler de fièvre. Je ne te posais pas de questions pour ne pas alourdir ton anxiété et la mienne. Toi, toujours décidée à combattre le mal de toute ton énergie, je te devinais tentée de céder, de lâcher prise. Cette disposition nouvelle, dont je comprenais sans difficulté l'origine, me faisait peur. Je me demandais si celle qui m'accompagnait n'avait pas choisi de rejoindre celui qui nous avait quittés.

Tu as lutté et gagné comme les autres fois. J'avais l'impression de te voir revenir de très loin, d'un pays inaccessible dont, pendant quelques jours, tu garderais sur toi les traces mystérieuses. Cette fois, je savais que tu aurais plus de peine à te réaccoutumer à la vie et, souvent, mes efforts pour te distraire et tirer de toi un sourire se révélaient vains. Je persévérais cependant et violente était ma joie de voir enfin ton visage s'éclairer.

Où nous différions profondément, c'est que tu aimais t'enraciner dans un lieu, que ce fût le Saussay, la Campagne du Lion ou Saint-Cézaire. Pour ma part, je n'étais enraciné en aucun lieu. Je voyais la vraie vie comme l'errance de deux complices, le jeune nomade portant avec lui sa propre stabilité. J'étais très sensible à cette union de la mobilité et de l'enracinement lors de nos voyages. Assis côte à côte dans l'aéroport, dans l'avion, dans un car, dans un taxi, nous voyions défiler nuages, paysages, cités devant le groupe que nous formions, pour parler comme les sculpteurs. Nous étions un univers au creux de l'univers ; l'amour n'est-il pas le choc de deux galaxies ?

Quand nous nous sommes rencontrés, nous étions deux intellectuels déracinés. Peu à peu, nous nous sommes enracinés l'un dans l'autre et cet enracinement mutuel nous a révélé la valeur en soi de l'enracinement. Notre retour à la foi s'explique en partie ainsi. Mais, alors que toi, très marquée par ton enfance saintongeaise, tu t'es enracinée avec joie dans les champs du Saussay, puis dans tes jardins de Provence, je suis resté sans attache locale profonde. J'aurais pu suivre l'exemple de Barrès et faire un bon nationaliste. Mon métier de diplomate m'en a détourné. Placé pendant plus de quatre ans aux côtés de Robert Schuman, au centre même de la politique internationale, je n'ai pu que constater les résultats désastreux du nationalisme pour ceux-là mêmes qui le pratiquaient. Mon patriotisme m'a interdit d'être nationaliste. Je remarque qu'aujourd'hui, dans tous les pays, les nationalistes sont moins des patriotes que des xénophobes. Certes, j'aurais pu m'enraciner dans une doctrine mais j'ai toujours été allergique au dogmatisme. J'aurais eu l'impression de me renier si j'avais renoncé, par fidélité à une doctrine, à la liberté de l'esprit. J'avais fait l'expérience avec mon frère Charles que la complicité, loin de nuire à la liberté de chacun, la développe, qu'il se crée une émulation féconde entre deux intelligences soucieuses de s'étonner et de se dépasser. Convaincu de la nécessité des racines mais aussi de la valeur absolue de la liberté de l'esprit, j'étais conduit à chercher un enracinement, plutôt que dans la cage d'un système, dans l'intensité d'une relation.

Assurément, j'ai l'air de reconstruire après coup ce qui m'est arrivé. Je crois tout de même que les choses se sont déroulées à peu près ainsi et que la grande chance de ma vie a été de pouvoir approfondir avec toi la relation que j'avais avec mon frère, cet ami dont tous les souvenirs étaient aussi les miens. Bien sûr, rien ne se serait produit sans ton amour. C'est ton amour violent et généreux qui m'a fait passer sur l'autre rive, qui, en m'expulsant de moi, m'a fait devenir moi.

Je me suis toujours étonné de ton inlassable patience. Que de fois tu as pensé que tout était perdu, que tu n'arriverais jamais à bout de mon indifférence ! Jamais, tu n'as cédé au désespoir. Après chaque crise de découragement, tu décidais de faire davantage encore pour me convaincre de la force de tes sentiments. Cette persévérance, cette résolution inébranlable, non seulement je les admire mais j'y vois la marque des grands caractères et des grands esprits. Une telle constance ne saurait s'accommoder de la moindre médiocrité. Tu avais une grande âme, au sens où l'entend Descartes. Pourquoi me faisais-tu confiance d'une manière aussi inconditionnelle ? Cet acte de foi me paraissait en contradiction avec ta lucidité et ton sens du réel. Il y avait là quelque chose d'inexplicable et qui, pour moi, reste inexpliqué. C'est ta confiance aveugle qui, en fait, a façonné notre destin.

C'est à toi que je dois l'expérience d'une complicité à toute épreuve entre deux êtres libres et différents, expérience paradoxale puisqu'elle associe les idées contradictoires de solidarité et de liberté, expérience unique qui culmine dans la formule : tu existes, donc je suis.

En 1983, nous nous promenions sur la côte sauvage d'Oléron comme nous nous promenions il y a trente-huit ans sur la côte sauvage de la forêt de la Coubre, quelques kilomètres au sud. Nous avions gagné la partie que nous pouvions perdre. Nous avions résisté à l'usure. Le temps s'était révélé, non un ennemi, mais un ami. Pourquoi ? Peut-être parce que nous n'avions jamais rien considéré comme acquis. Tels des amants du premier jour, nous luttions pour qu'il y eût un lendemain.

Notre histoire aurait pu s'effilocher, se déliter ou, du moins, s'abriter derrière le paravent honorable de la solide affection. Or elle était, plus que jamais, une histoire de passion exclusive. Est-ce parce que toi, amante anxieuse, étais en même temps une femme exerçant un métier d'homme avec les méthodes et les réactions d'un homme ? Dans les années quarante la chose était plus rare qu'aujourd'hui. Les deux registres étaient, le plus souvent, séparés. Quand ils étaient réunis, l'aventure prenait peut-être une saveur particulière, mais cela n'explique en rien sa durée.

Il n'y a sans doute rien à expliquer. Les jours se sont entassés, comme s'entassent les pierres dont on fait un mur. Mais un mur ne vit pas, il n'est pas animé du frémissement qui parcourt les choses vivantes et, en particulier, cette chose vivante, un commun attachement.

Ce frémissement, j'en connais l'origine, c'est ta puissance d'aimer.

Si j'avais vécu seul, je ne serais pas sorti de mes ornières. C'est toi qui m'as empêché d'y rester ou d'y retomber. Tu étais ma part d'inattendu. Lors de nos premières rencontres, dans ce Quartier latin fiévreux des années trente où la montée des périls, aussi régulière que celle d'une crue prévue, donnait une saveur forte et amère à nos projets de jeunesse et ne diminuait en rien leur extravagante ambition, j'avais été frappé par la mobilité de ton expression, de tes gestes, de tes intonations et naturellement de ton esprit. Tu étais, comme on dit, du vif argent. Les gens qui sont ainsi intriguent, séduisent, mais, au bout de quelque temps, agacent et fatiguent. Après tant de décennies, tu continuais à m'étonner pour ton aptitude à t'amuser de tout. Tu étais plus primesautière que jamais. Le monde était, pour moi, un livre d'images que tu ne cessais de feuilleter. Quand une image était belle, tu t'exclamais et t'efforçais de me faire partager ton admiration. Les créations et les spectacles de la nature t'emplissaient de reconnaissance. Tu ne cessais de rendre grâce à leur auteur.

Mais, en vérité, si cette joie de vivre m'aidait à vivre, elle n'aurait pas suffi à m'attacher. Ce qui me retenait auprès de toi, c'est que j'aurais pu te perdre, c'est que nous aurions pu, par ma faute, être séparés à jamais. Nous avons vécu de longs mois dans le climat du sursis. Tu pensais que tu me pesais et voulais, par générosité, m'éviter tout engagement.

Le Pont-Neuf est la colonne vertébrale de notre histoire. Quand je le traverse seul, surgit à mes côtés la Laurence d'autrefois tantôt silencieuse, tantôt volubile, deux formes de ta timidité. Cette timidité ne m'échappait pas et je la craignais, sachant l'empire qu'avaient sur moi les femmes réservées auxquelles je prêtais sans discussion des trésors de passion cachée. À chacune de nos conversations je sentais cependant que j'attachais de plus en plus d'importance à tes paroles. Au début, elles m'intéressaient, me surprenaient, m'irritaient. Maintenant, elles étaient pour moi essentielles et coloraient mes propres opinions. Celle que je considérais comme une camarade devenait une complice et, par moments, un juge.

Qui serais-je devenu sans ce témoin permanent que je redoutais sans cesse de décevoir ? Sans doute un homme soucieux de la considération sociale, calculateur, à la fois prudent et cynique, bref un de ces nombreux hauts fonctionnaires politiciens qui savent toujours se trouver au bon moment au bon endroit, non loin de l'astre montant et à une distance raisonnable de l'astre descendant. Il me fallait une conscience complémentaire. Assez vite, je me suis aperçu que tu jouais auprès de moi ce rôle. J'avais à mes côtés quelqu'un à qui je pouvais parler comme à moi et qui, loin de se taire, me donnait la réplique et me faisait prendre conscience de mes incertitudes. Je sortais de nos entretiens fortifié, enrichi, transformé. Et puis je devais convenir que tu ne cherchais jamais à briller à mes dépens. Tu ne parlais pas pour éblouir un tiers imaginaire. Tu disais honnêtement ce que tu avais sur le cœur et qui te tenait à cœur. J'ai appris ainsi la valeur incomparable des vraies conversations à cœur ouvert. Sont-elles possibles s'il n'y a pas union des corps ? Sans doute, mais je crois qu'il faut avoir abandonné toutes ses défenses, s'être livré physiquement tel quel pour s'exposer entièrement au jugement de l'autre. L'orgueil intellectuel est plus fort que la pudeur, il ne cède qu'au tout dernier instant.

« Vous êtes réellement sans foi ni loi », me

disais-tu et tes yeux rieurs corrigeaient la sévérité du propos. Je riais bêtement, assez flatté d'être comparé aux grands fauves de l'action, modèles dérisoires que la plus médiocre partie de moi-même rêvait d'égaler. La nuit était déjà tombée. Tu te levais et allumais les lampes. Dehors, c'était la nuit sans lumières de l'Occupation. Quelques passants se hâtaient sur le Pont-Neuf, préoccupés de rentrer avant le couvre-feu.

En 1944, chaque semaine, un de nos camarades disparaissait. Les rangs se clairsemaient. On apprenait beaucoup plus tard que le disparu était passé par la sinistre rue des Saussaies ou la non moins sinistre avenue Foch et que, depuis, on n'avait plus de nouvelles. Le débarquement des Alliés était attendu d'un jour à l'autre. Les bruits les plus contradictoires circulaient. L'espoir était enraciné dans les cœurs. Les revers ne pouvaient en avoir raison. Il s'agissait seulement de survivre pour participer à la libération et assister à la victoire.

Cet avenir heureux, nous ne pouvions l'imaginer pas plus que nous n'imaginions notre destin privé. Nous n'y pensions guère, pris par les soucis de l'instant. Il nous semblait que tout serait facile, et que tout irait de soi, une fois la patrie libérée, une fois la France sortie du tunnel de l'humiliation et de l'impuissance. Cette époque qui m'est restée si présente en dépit de la mythologie dont on l'a recouverte et qui, souvent, l'a transformée en mauvaise image d'Épinal, avait comme trait particulier que vie publique et vie personnelle se trouvaient, par la force des choses, étroitement liées. Les discussions d'école sur la contemplation et l'action auraient fait sourire. On n'avait pas le choix. Et ceux qui s'efforçaient de rester en dehors étaient embarqués malgré eux. J'ai connu quelques-uns de ces voyeurs, bien décidés à se tenir à l'écart, qui, par suite d'une confusion de nom ou d'un hasard de la rue, ont fini dans le charnier des S.S.

Ainsi j'avais l'impression qu'en te rejoignant rue de Nevers je restais dans la ligne de mon travail mi-officiel, mi-clandestin de la Croix-Rouge française. Plus tard, au quai d'Orsay, j'ai senti beaucoup plus fortement le clivage entre le métier et la famille, encore que tu aies partagé beaucoup de mes obligations professionnelles. C'est que la période n'était pas la même. L'histoire était moins encombrante. Si chargée qu'elle fût encore, ce poids paraissait dérisoire au regard de celui qui avait pesé sur nos épaules pendant la guerre. Je pouvais couper les amarres et oublier, pendant quelques heures, le blocus de Berlin ou la guerre de Corée. Il était impossible d'oublier la Gestapo.

Je me souviens de ce matin de juin 1944 où une camionnette de la Croix-Rouge est venue me chercher, de très bonne heure, rue de Nevers. Je devais aller à Lyon. À travers la fenêtre, tu me regardais et je lisais dans tes yeux la certitude que tu ne me reverrais sans doute pas. Effectivement, le voyage fut difficile. Plusieurs patrouilles allemandes nous ont arrêtés et fouillés, au retour aussi bien qu'à l'aller. Dans l'Yonne, des F.F.I. nous ont annoncé que la progression américaine en Normandie était rapide.

J'essaie d'imaginer qui j'aurais été si toi et moi nous nous étions quittés. Cette période, où notre destin s'est éclairé en même temps que celui du pays, eût été couverte des nuages de mes remords. Je me vois repoussant les souvenirs du Paris bâillonné que j'arpentais, toi à mon bras, partageant ta joie anxieuse. En poste à l'étranger, je me vois écartant une image : toi, désespérée, portant beau dans un effort rendant plus pénible encore la cruauté de la scène, moi, cherchant à arracher mes liens, piétinant le passé encore chaud, bafouillant des explications, des excuses, proposant de pauvres compromis, faisant des promesses reniées d'avance par la part la plus lucide de moi-même. Là-bas, au loin, j'aurais tâché d'oublier, dans le dépaysement et la routine du métier d'ambassade, que j'avais tué ma vraie vie et que je ne la retrouverais jamais. Dans un coin de mon terrier intime, un compagnon ricanant m'aurait chuchoté que mon devoir était de conserver à tout prix mon indépendance, que j'avais fait ce qu'il fallait faire, que j'avais montré de la détermination et même du courage, que, d'ailleurs, une intrigue sentimentale ne comptait guère au regard de l'Histoire, que j'avais mieux à faire que de m'engluer dans des affaires de cœur, que je me devais de rester fort, disponible, libre, libre. J'aurais écouté avec complaisance ce flatteur, laissant mourir, dans un autre de mes recoins, celui que j'avais cru, jadis, être.

Oui, les choses auraient pu se passer ainsi. Par ton courage intrépide, tu as renversé le cours du destin. Si tu avais cédé au découragement, si tu avais écouté (tu as failli le faire) la voix neutre, feutrée du désespoir, c'était fini. Je désirais rester libre mais, devant toi, je prenais conscience de la stérilité, de la mesquinerie de ce désir. Si tu avais lâché prise, j'en aurais conclu que tu n'étais pas qui je pensais et je n'aurais pas renoncé en ta faveur à ma précieuse liberté. C'est à ta constance que je dois de ne m'être pas, à mes propres yeux, déshonoré.

Je serais devenu un personnage lucide et amer, tirant de cette amère lucidité les satisfactions précaires que donne un pessimisme de bon ton. C'est toi seule qui m'as épargné ce sort dérisoire et médiocre.

Il n'est pas nécessaire, pour trouver la vie, de mourir à la vie comme font les mystiques. Cependant, il est indispensable, pour connaître la vraie vie, de renoncer à la fausse. Ce n'est pas si facile. La fausse vie a, en sa faveur, le brillant, l'immédiat, le facile. La vraie vie est un sentier escarpé qui exige effort et patience, mais, à chaque pas, le monde se découvre un peu plus. Aller de la fausse vie à la vraie vie, c'est changer de rive. Tu m'as fait passer sur l'autre rive.

Je ne cesse de me défendre contre la tentation d'étendre à toutes les femmes tes traits à toi. J'ai rencontré peu de femmes dominatrices, égoïstes et calculatrices. Sans doute les ai-je fuies par instinct. J'ai toujours eu envie d'en protéger une et la chance m'a été donnée d'en rencontrer une qui n'a pas hésité à se remettre entre mes mains. Cela te rendait vulnérable, toi qui les premiers jours m'avais frappé par ton caractère intrépide. Et cette vulnérabilité te rendait très chère.

Quand je t'apercevais, venant vers moi du fond du jardin, je te regardais comme si je te voyais pour la première fois. De même que le narrateur de la *Recherche du temps perdu* dit, à propos des clochers de Martinville que le mouvement de la voiture et les lacets du chemin ont l'air de faire changer de place, que « quelque chose était derrière ce mouvement, derrière cette clarté, quelque chose qu'ils semblaient contenir et dérober à la fois », de même ton visage, chaque fois qu'il se tournait vers moi, me paraissait s'ouvrir sur un secret qui m'était offert, qu'il n'appartenait qu'à moi de saisir et dont je me gardais de m'approcher trop près, sachant que cette légère distance était nécessaire pour que se fît entendre la fugue à deux voix de notre attachement.

Cette discrétion nécessaire, il est un point où je ne l'ai pas respectée. Je n'ai jamais douté de tes sentiments. Un jour, c'était tout au début, j'ai fait mine de mettre en doute leur force, un peu par plaisanterie et aussi par désir de prêcher le faux pour savoir le vrai. J'ai lu dans tes yeux de la détresse. Et, depuis, je n'ai pas recommencé.

Un soir de mars 1978 je t'ai trouvée évanouie et râlant sur les tomettes de notre chambre de la Campagne du Lion. J'ai cru que tu allais mourir entre mes bras. Mes cheveux près des tempes ont blanchi dans la nuit. Depuis, j'avais sans cesse peur de te perdre et je n'aimais pas me séparer de toi, même pour une heure.

Nous nous entendions très bien avec les couples en difficulté. Il n'y avait pas de mise au point préalable. Nous étions tout de suite sur la même longueur d'onde. Souvent nos visiteurs s'en étonnaient. Ils s'attendaient à des réticences, à des mises en garde, voire à des sermons. Nous étions tellement sûrs d'être dans le vrai, tellement convaincus qu'il n'y avait rien au-dessus d'un amour partagé que nous étions envahis d'une immense sympathie pour ceux qui ignoraient cette chance. L'intolérance naît d'un doute sur ses propres sentiments. On déteste chez l'autre ce dont on aperçoit chez soi les germes inavouables. Si nous avions eu une vague nostalgie des amours passagères, nous aurions été beaucoup plus tranchants, nous aurions voulu, par la fermeté du ton, nous fortifier, nous rassurer nous-mêmes. Cette nostalgie absente, nous n'avions qu'une envie, aider, dans la mesure de nos moyens, tous ceux qui désiraient courir l'aventure d'un amour fou durable et connaître ainsi l'alliance du vertige et de la durée.

Ce qui était difficile à expliquer et que nous avions du mal à nous expliquer à nous-mêmes, c'était la nécessité d'une distance à conserver. Chaque être humain est dépositaire de quelque chose qui le dépasse, qui n'est pas vraiment de lui. Cette force ne peut être impunément exposée au grand jour. C'est une essence d'ombre qui supporte mal la lumière crue. Ce qui est le plus intime doit être protégé. Ce n'est pas un trésor, c'est beaucoup plus, c'est le ressort intérieur et il importe de le ménager, chez l'autre comme chez soi. Aussi convient-il, entre amants, d'user de discrétion, de savoir renoncer à certaines questions et respecter certains silences. Il importe de laisser croître la part cachée qui est sans doute la meilleure. Le moment viendra où elle brûlera du désir de s'exprimer et de communiquer avec la meilleure part de l'autre. Cette meilleure part, il est impossible, sous peine de ne pas savoir de quoi on parle, de ne pas l'appeler l'âme. L'âme ne se confond ni avec l'intelligence, ni avec la sensibilité. Elle est mêlée à elles et les juge. Chacun connaît ces instants où l'arbitre intérieur prend du recul et refuse tels actes, telles attitudes. Son plus grand ennemi est la complaisance pour le désespoir.

Pendant plusieurs mois, au début de notre histoire, j'avais senti que tu étais proche du désespoir. Je te voyais déjà dériver au fil de l'eau. C'est la conscience de ce désespoir sans cesse présent, comme un cancer, qui m'a sorti de l'égoïsme. J'ai essayé d'aider celle que j'admirais et me suis aperçu que j'étais le grand responsable de cette anxiété. Je me suis senti à la fois coupable et délivré, coupable d'aveuglement et de cruauté, délivré du souci de donner un sens à mon existence. Ce sens était trouvé : aller au secours de celle qui m'avait voué sa vie, être à ses côtés sans défaillance, recevoir les coups à sa place, m'interposer le plus possible entre elle et le destin.

J'ai fait ce que j'ai pu et c'était peu de chose : un effort quotidien mais souvent insuffisant pour penser à ta lassitude autant sinon plus qu'à la mienne, pour imaginer que tu pouvais être fatiguée par ce qui me distrayait et t'ennuyer alors que je paradais. Tu faisais semblant d'aimer ce que j'aimais mais tu te donnais trop de mal, la comédie était trop visible, et je ne pouvais m'empêcher de te le dire, ce qui te décourageait. Quand je m'efforçais de me mettre à ta place, je le faisais gauchement, mes bonnes intentions se traduisaient par des allusions, presque aussi blessantes que des reproches. Plus tard, j'ai appris avec le temps l'absurdité et la nocivité des remarques dites en l'air. En réalité, elles laissent des traces profondes qui cicatrisent mal.

Ainsi nous connaissions le pouvoir créateur de la durée, ce mystère. Comme expliquer que le temps de destructeur se fasse créateur ? A quelles conditions ce pouvoir créateur du temps s'exerce-t-il ? Intensité et durée sont considérées comme incompatibles et même contradictoires. Mon expérience infirme cette règle. Qui a tort, mon expérience ou la prétendue règle ? Je ne puis nier ce que j'ai vécu. De plus, d'autres savent, comme moi, que la durée est capable de renforcer, d'étoffer, de construire autant que d'user et de détruire.

Une alliance à toute épreuve, voilà ce qui nous liait et nous libérait. Nous n'avions pas déclamé des serments romantiques mais nous savions qu'aucune circonstance ne pourrait jamais nous séparer. Bien des fois, nous avons été mis à l'épreuve. Nous en avions longuement parlé et avions réduit l'obstacle à un incident de parcours. Comment expliquer qu'une telle alliance n'ait jamais été dénoncée ? Le sentiment de l'honneur, la volonté, les considérations extérieures y ont été pour peu de chose. Il y avait, à l'origine de notre entêtement, la conviction que notre entente pouvait prendre appui sur le temps pour le vaincre et en faire un ami.

Dans mon cas a joué une autre considération. Dès mon plus jeune âge, j'ai eu en horreur tout dogmatisme et me suis pris d'une véritable passion pour la liberté de l'esprit. Je pense que ma mère, qui détestait le sectarisme, a eu sur moi une grande influence dans ce domaine. Chaque fois que je l'entendais attaquer les fanatiques et faire l'éloge de la tolérance, je lui donnais en moi-même raison. Je n'ai jamais varié sur ce point. Dans les premiers temps avec toi, tes options politiques m'ont gêné. Tu t'en rendais compte et me soupçonnais de scepticisme. Je riais mais ne démordais pas de ma difficile position de libéral anglais, ami de la liberté, même pour ses adversaires.

Je me suis aperçu peu à peu que mon attachement grandissant pour toi venait au secours de mon goût pour la liberté de l'esprit. Jusque-là j'avais lutté contre tout engagement, mais cette instabilité créait une agitation tout à fait contraire à la paix nécessaire à la vie de l'esprit. Je constatais maintenant qu'un sentiment fixe me libérait pour tout le reste. Je pouvais t'aimer sans moins aimer la liberté. Constance des sentiments et liberté de l'esprit marchaient de pair et, loin de s'exclure, grandissaient en même temps. Ainsi je découvrais l'existence d'une constance inventive, semblable à celle de la nature qui se renouvelle pour durer, constance inventive qui est peut-être la réponse à l'interrogation sur le pouvoir créateur de la durée. L'alliance de la constance et de l'invention rend le temps créateur. L'esprit, libéré par un attachement fort, nourrit celui-ci des ressources de l'imaginaire et de la réflexion. Ce que je pensais, ce que je rêvais renforçait ce que je sentais.

Ce que je sentais c'était, avant tout, la force du lien qui m'unissait à toi, et cette force venait de ta manière de me regarder en souriant, même au creux de la détresse, comme si j'avais le pouvoir de te tirer hors des vagues déferlantes de l'angoisse et de te conduire vers les prairies de la joie. Alors nos regards qui se croisaient se rencontraient à l'infini.

On dit communément que les amants doivent aimer leur amour. Je crois qu'ils doivent surtout l'aider. L'amour secouru dure. Je me souviens de ces soirées d'hiver, dans le Paris de l'Occupation, où, dans la pièce de la rue de Nevers, je voyais s'amenuiser, se flétrir sous mes paroles ton espérance qui, quelques instants auparavant, s'épanouissait. En cette période où, si souvent, quelques mots décidaient d'un destin et poussaient par hasard un être vers la torture et la mort, je m'apercevais que, même dans le domaine le plus intime et le plus éloigné, en apparence, de l'Histoire en train de se faire, les mots n'étaient pas innocents et pouvaient faire basculer vers le désespoir.

Je prenais un plaisir cruel à sentir mon pouvoir sur une femme qui, à bien des égards, l'emportait sur moi. Je te savais plus intrépide que moi et voici que tout ce mépris du danger s'évanouissait devant une ombre passant sur mon visage. C'était absurde et, en même temps, fascinant. Bien sûr, je luttais contre la tentation d'abuser et m'efforçais à la tendresse. Mais l'effort était visible et faisait plus de mal que de bien. Je t'aimais pourtant ! En réalité, j'essayais de m'empêcher de t'aimer, sans doute parce que ta force de caractère me faisait peur. Je craignais de me heurter à une volonté qui s'opposerait à la mienne.

Dans ton manteau de mouton gris, au coin d'une rue où nous allions nous séparer, tu frissonnais légèrement et je voulais croire que c'était de froid. Je partais de mon pas rapide de solitaire et ne me retournais pas. J'étais bête, comme on l'est à cet âge où on fait semblant de se croire intelligent. J'aime à me reporter à ces temps où j'étais inconscient de la chance qui s'offrait. Je mesure le chemin parcouru ainsi que le risque frôlé, le risque de manquer ma vraie vie, celle que je te dois, à ta constance, à ton courage. Je suis heureux d'avoir pris la bonne route. J'éprouve le plaisir aigu de celui qui l'a échappé belle.

Et puis, il faut le dire, cette époque sombre et excitante était accordée à la couleur de nos sentiments. Nous éprouvions vis-à-vis de la France ce que nous éprouvions vis-à-vis de notre double destin. Une interrogation anxieuse nous habitait où se mêlaient l'espérance et la crainte de voir cette espérance foulée aux pieds. Les mois passés nous avaient assez montré la fragilité des prévisions et la force du hasard. Nous redoutions, au dernier moment, de basculer avec la France dans un gouffre imprévu.

Qu'y avait-il de particulier dans le lien qui nous unissait ? Cela ne peut se réduire à une formule abstraite, à une suite de mots et pourtant cela doit pouvoir s'exprimer. Il me paraît difficile d'éviter le mot lumière. Ce qui se passait entre nous n'était pas de l'ordre des forces mécaniques, ni même organiques, mais de l'ordre de la lumière, d'une lumière familière, quotidienne dont la présence était sans cesse espérée, l'absence sans cette redoutée. Nous vivions dans, de et par cette lumière. Si elle nous avait manqué, tout nous aurait manqué.

Nous ne nous éclairions pas l'un l'autre. C'était la même lumière qui nous éclairait. Elle ne venait pas de nous, elle venait d'ailleurs, mais nous avons su l'accueillir, lui ménager, entre nous deux, un lieu, lui faire un espace. Notre chance était de vivre dans cet espace de lumière.

Tout le monde pense que l'amour du couple offre le meilleur modèle de la relation, qui est alliance dans le respect de la différence. Pourquoi alors tant d'échecs ? Sans doute parce que la différence n'est respectée que du bout des lèvres, et parce que l'alliance n'est pas considérée comme une alliance à toute épreuve. Quand ces deux conditions sont remplies, la différence nourrit la transparence. Cela est vrai en théorie, mais en pratique ? Tu m'as révélé l'existence de la passion de l'absolu mais ai-je le droit d'étendre aux autres femmes ce que l'une d'elles m'a fait connaître ?

C'est dans ton âme intrépide que je dois chercher l'explication de ce qui est né et a grandi entre nous. C'est ton âme qui m'a vaincu. Certes, j'admirais ton intelligence, ta sensibilité, ton énergie, mais que m'auraient importé ces qualités si elles n'avaient été rassemblées, unifiées par une force plus forte qu'elles toutes, par une exigence inconditionnelle ? J'ai entendu battre dans ton âme la passion de l'absolu et j'ai compris que jamais je n'écouterais aucune musique plus intense que celle-là.

Le mot âme a des résonances qui sont, pour beaucoup, suspectes. Pourtant il faut un mot pour désigner la part unique, irremplaçable de chacun de nous. Il est plus réaliste de parler de l'âme que d'idées ou de fantasmes, bulles de savon vite éclatées, graines de chardon semées au vent. L'âme est la basse continue, la note fondamentale. Ces métaphores auditives sont-elles les meilleures ? Pourquoi ne pas évoquer l'image d'une flamme, d'une flamme modeste et fière qu'aucun souffle ne saurait éteindre ?

La joie d'exister, c'est toi qui me l'as apprise. Avant de te connaître, j'étais un de ces vivants qui ont l'air de s'excuser de vivre. Je n'étais pas triste mais ne prenais pas au sérieux le spectacle du monde, qui me paraissait criard, discordant et sans grand sens. Je jouais mon rôle dans la pièce mais sans conviction excessive. J'avais gardé de mon enfance campagnarde le goût des grandes étendues silencieuses et la vie, telle que je la vivais à Paris, me paraissait organisée pour détruire la solitude et le recueillement. J'oscillais entre le cynisme sensuel et un détachement que je n'osais qualifier de métaphysique. Aussi n'ai-je pas été étonné de me voir reprocher par toi, dès les premiers jours, mon indifférence. Celle-ci, que je ne pouvais nier, formait un contraste absolu avec ton constant enthousiasme. Tu étais prête à t'enflammer, à te passionner pour tout. Tu avais partie liée avec le monde et je me sentais exclu de ta complicité avec les choses, les gens et les événements. Je t'interrogeais, te faisais parler, comme si j'étais un journaliste qui enquêtait auprès de cet échantillon unique : un être humain amoureux de la vie.

Les années n'ont pas mordu sur ta vitalité, elles l'ont même renforcée, ton activité se déployant sur un fond de sérénité, la sérénité du soir que Richard Strauss a si bien rendue dans ses quatre derniers lieds et surtout dans celui qui s'intitule *Lueur du couchant.*

Nous avions presque terminé la traversée. Nous étions en vue du port, un de ces ports de Claude Gellée où la lumière est une substance comme le miel, et en même temps une présence impalpable et aérienne. Nous n'étions pas pressés d'arriver à destination. Nous ne demandions qu'à musarder un peu. Nous ne souhaitions qu'une chose : quand il faudrait descendre du navire, qu'on nous laissât descendre ensemble, la main dans la main.

Nous n'avions rien à convoiter, rien à attendre des Grands. Nous désirions seulement faire partager aux autres la découverte que nous avions faite, que nous faisions chaque jour et qui est que l'amour grandit ou meurt. Bien sûr, cela paraît contraire au bon sens qui veut que tout s'use et se dégrade. Pourtant c'est ainsi. Le temps peut devenir un allié au lieu d'un adversaire, si l'on a mis dans son jeu la vie intérieure, cette belle expression discréditée parce que certains clercs l'ont employée abusivement.

Chaque être a son image de la vie intérieure.

Je la vois, pour ma part, comme une complicité entre la constance des sentiments et la liberté de l'esprit. La constance des sentiments est le ressort de la liberté de l'esprit, qui elle-même nourrit la constance des sentiments. Le désir est toujours le maître. Il n'y a pas de connaissance sans désir de la connaissance. La constance des sentiments, c'est-à-dire le désir profond, donne sa couleur à l'être.

Le difficile est de faire communiquer deux vies intérieures d'une manière qui ne soit pas superficielle, de les faire communiquer par leurs profondeurs. La pudeur de chacun y répugne et aussi la crainte, en exprimant certaines nuances, de les faire disparaître. Nous avions surmonté pudeur et crainte mais tout n'était pas acquis pour autant. Il a fallu désarmer nos amours-propres. Ce fut long et difficile. Nous étions aidés dans cette tâche par la conviction que rien ne tue plus sûrement l'amour que l'amour-propre. Aussi, dès que l'un de nous voyait pointer son amour-propre, il s'empressait de le matraquer et en prenait à témoin son partenaire. La chasse en commun à l'amour-propre nous a habitués à débusquer l'ennemi dans ses plus secrètes cachettes et à exhiber au grand jour cet hypocrite qui sait si adroitement se draper dans le manteau rapiécé de l'humilité. Ce n'était pas suffisant, c'était purement négatif. Ce fut alors que, timidement, tu commenças à démasquer tes batteries.

Nous parlions abondamment de nos lectures. Tu t'arrangeais pour mettre sur le tapis des livres qui avaient trait à la passion, à l'absolu, à la passion de l'absolu. Ces discussions m'agrandissaient l'âme. Elle en avait besoin, rétrécie qu'elle était par les calculs de la politique, qui sont toujours sordides, quelque vaste qu'en soit l'objet. Je vérifiais ainsi l'affirmation de Nietzsche que les femmes sont les premières en amour. En tout cas, pour moi, cela s'est passé ainsi ; bien sûr, beaucoup d'hommes ont fait l'expérience inverse et ont aimé avant d'être aimés. Je puis seulement répéter qu'en ce qui me concerne, l'amour généreux d'une femme a décidé de tout.

J'aimerais pouvoir me passer du mot amour qui non seulement a trop servi mais encore est souvent employé pour dissimuler le vague et même l'inconsistance des sentiments. Ce qui me passionne, c'est une certaine manière de vivre la vie intérieure en partie double. Deux deviennent un en demeurant deux. Cette apparente impossibilité montre qu'on se trouve en face d'une réalité qui ne se laisse pas réduire, qui oppose son existence têtue aux réfutations et aux négations. La moins mauvaise définition de cette réalité me paraît être le désir d'absolu vécu à deux.

Tu étais à côté de moi dans la petite pièce qui nous servait de bibliothèque, d'atelier, de bureau et de salon de musique. Nous nous sommes trouvés ainsi à Paris, à Saussay, à la Campagne du Lion et dans bien d'autres endroits encore, sans parler des voyages en auto, en train, en bateau, en avion. C'est en avion, je crois, que nous prenions le plus conscience de cette étrange complicité qui faisait de nous les coauteurs d'un roman où se mêlaient les lianes vertes du sentiment, les étincelles des idées, les nénuphars du souvenir, les tentacules de l'angoisse.

Cette complicité était joyeuse. Le secret de cette joie est que chacun préfère l'autre à soi. Là encore tu m'as donné l'exemple.

Nous arpentions la route Napoléon, entre Saint-Vallier et Castellane. Nous connaissions presque chaque tournant. Chacune de nos excursions nous rappelait les précédentes et les menus incidents qui les avaient jalonnées. Notre promenade était intemporelle. J'imaginais dans cinquante, dans cent ans nos fantômes errant sur cette même route, côte à côte, le même sourire aux lèvres. D'où venait cette étrange certitude que nous avions pris, vivants, notre figure définitive ? Définitive et sans cesse changeante, comme chaque matin nous trouvait semblables et différents. Je crois que nous nous savions, l'un et l'autre, dépositaires d'un secret très simple, très banal et que ce secret nous introduisait dans le monde qui échappe au temps.

Ce secret tient en quelques mots. Nous avions, le jour où nous nous sommes choisis pour toujours, décidé que jamais rien ni personne ne pourrait se mettre entre nous. Dès lors, les événements et les hommes ont été impuissants contre nous et nous avons abordé, sans même nous en rendre compte, les rivages du présent perpétuel, de l'éternité.

Il y a eu, avant, cette période incertaine où nous nous intriguions mutuellement, sans être sûrs que cet étonnement pût abattre les barrières invisibles qui séparent impitoyablement les êtres. Le passage de l'intérêt de l'un pour l'autre à l'impossibilité de se passer l'un de l'autre s'est fait non pas insensiblement mais à la suite d'une série de circonstances qui ont été autant de bifurcations. Chacune d'elles nous a transformés et, au-delà de la crise, nous retrouvions les paroles et les gestes d'avant, semblables en apparence mais modifiés dans leur substance. Tel mot usuel qui nous servait de mot de passe prenait soudain une ampleur, une sonorité, une profondeur imprévues. Nous nous regardions alors, surpris et gênés, comme si un tiers s'était emparé du mot et l'avait employé à notre place. Nous sentions, à chacune de ces étapes, que le lit du fleuve se creusait, que bientôt le passé si proche nous apparaîtrait comme un de ces souvenirs d'enfance dont la netteté tient surtout à la complaisance avec laquelle on s'ingénie à le reconstruire, à le renouveler, à l'entretenir par des rappels périodiques. Qu'y avait-il devant nous ? Nous n'en savions rien mais nous nous doutions que viendrait un de ces moments où une vie bascule, où tout se joue en quelques minutes décisives et irréversibles. La crainte et la curiosité nous poussaient à redouter et à souhaiter cet instant où l'univers brumeux vers lequel nous avancions en tâtonnant prendrait sa couleur et sa forme définitives.

Nous pensions que bientôt nous cesserions de nous juger, que nous nous accepterions en bloc. Bien sûr, dans la conversation, nous continuerions à nous opposer, à faire des moulinets verbaux, à nous étourdir du cliquetis des phrases mais le jugement sur l'autre n'en serait pas affecté. Cela s'est passé ainsi, plus vite pour toi que pour moi, parce que tu avais de l'avance. Ce fut alors que nous avons compris que nous aimions chez l'autre ce qui le dépassait, lui appartenait à peine, le mettait en rapport avec l'absolu. Nous pouvions bien regretter des actes, des mouvements d'humeur, des désaccords mais ces incidents étaient sans effet sur nos deux âmes, témoins impassibles et confiants.

Je répugne à employer l'expression dévaluée : s'aimer en Dieu. Elle me paraît fanfaronne et indiscrète. Ce que je puis dire, c'est que nous avons découvert que nous n'étions pas seuls, que, dans le combat pour atteindre notre vérité, nous étions assistés et, aux moments périlleux, soutenus. Je ne puis en dire plus, sinon que cette conviction ne nous a jamais quittés. Nous croyions qu'en suivant la voie que nous avions choisie nous obéissions à une loi non écrite et que, tant que nous lui serions fidèles, nous habiterions la demeure qui était vraiment la nôtre.

En vérité, au point où nous en étions, la question ne se posait plus. Les chemins se confondaient avec nous. Mois après mois, année après année, nous les avions construits et maintenant nous les portions en nous, ils faisaient partie de nous.

On dit parfois que l'être n'est présent que dans l'amour. Certes l'amour élève l'esprit au-dessus de lui-même, le stimule, l'excite, le provoque à se dépasser. Mais, au fond de moi-même, je ne crois pas à ces généralités sur l'amour, je ne crois qu'à l'amour que l'on donne à une femme et que l'on reçoit d'elle, et la manière dont cette femme aime et est aimée est unique. Je ne puis être vrai qu'en parlant de toi. Tu es le plus singulier, le plus irremplaçable des êtres. Tu contiens toutes celles qui t'ont précédée, depuis l'étudiante en économie politique d'avant la guerre jusqu'à ma compagne sur les routes de haute Provence. Ce sont autant de femmes différentes et pourtant la même. Dans toutes bat le même cœur intrépide, un cœur de lion.

J'aimais le cirque. Tu ne l'aimais pas. Ce qu'il y a, dans ce spectacle, de gaieté forcée, d'amertume cachée sous le rire, d'ironie désespérée t'angoissait et te répugnait. J'y trouvais, moi, l'écho le plus fidèle de ma vision du monde. Si tu n'avais pas été à mes côtés, l'univers m'aurait paru une farce sinistre où les forts écrasent les faibles, où seul le mensonge est payant, où tout est truqué. Ton inépuisable bonne volonté, appuyée sur ton inépuisable bonne foi, m'obligeait sans cesse à nuancer ce point de vue, profondément enraciné en moi, non pas par suite d'expériences désastreuses mais parce que la pauvreté d'imagination des acteurs de la comédie humaine s'est très tôt révélée à moi, disqualifiant du coup leurs entreprises, leurs prétendus idéaux et leurs très réels calculs.

Le pitre hâbleur, peureux, parlant très fort pour se donner du courage, prenant à témoin des interlocuteurs muets, annonçant des exploits imaginaires, terrorisé par des dangers inexistants, tour à tour pleurard, menaçant et pitoyable, ce pitre, je l'ai vu pérorer sur les plus hauts tréteaux et je n'ai qu'une crainte, c'est de lui ressembler. Une certaine lucidité n'entraîne pas la force de caractère. N'étant pas orgueilleux, je suis vaniteux. La vanité est la menue monnaie de l'orgueil. Elle conduit à accepter ce que l'orgueil refuse. Cela m'est arrivé plus d'une fois. Je n'en ai pas fait des histoires. Ces défaillances ne méritent que l'oubli.

Pourtant, il y avait là, entre toi et moi, un clivage qui aurait pu devenir un fossé, sinon un abîme. Toi, orgueilleuse, ne comprenais pas mes petites vanités et moi, vaniteux, je dénonçais ton orgueil. Cette opposition, nous l'avions surmontée mais il en restait des traces. Je craignais toujours ta réprobation quand je me laissais aller à rechercher les hochets de la renommée. La peur de perdre un peu de ton estime agissait comme un frein efficace et je renonçais sans grand regret à ces jouets. Tu savais qu'aimer, c'est être prêt à donner sa vie pour ceux qu'on aime. Donner sa vie, ce n'est pas la risquer, pendant quelques minutes, dans l'excitation du danger, c'est l'engager dans le combat quotidien, l'exposer à l'usure, aux traverses, la répandre goutte à goutte dans l'effort et parfois la souffrance. Cela, on ne peut le faire pour plusieurs, on ne peut le faire que pour un seul être auquel on s'attache non pour l'étouffer, mais pour l'aider à vivre.

Quand je me montrais tendre et prévenant envers toi, il me semblait que je vengeais toutes les femmes qui, au long des siècles, avaient été tyrannisées et brutalisées. Dans la mesure de mes faibles moyens, je cherchais à réparer le sort injuste qui frappe trop souvent les femmes confiantes et aimantes. Si je pouvais persuader l'une d'entre elles que son amour était payé de retour, qu'elle avait eu raison de se remettre entre mes mains, mon passage sur terre était justifié. J'ai un côté redresseur de torts très marqué et qui remonte à mon enfance. C'est pourquoi, quand j'étais maire de mon bourg, j'étais heureux de pouvoir secourir les faibles, les mal lotis, ceux que tous piétinent et que nul n'écoute. Ce que fait un homme est peu de chose, mais c'est comme si tous les autres le faisaient. C'est insuffisant, c'est préférable toutefois à l'abstention qui se drape dans le prétexte qu'il est vain de retirer une goutte d'eau de l'océan du malheur.

La moindre pensée, le moindre geste sont inscrits dans la mémoire de Dieu au même titre que les plus hautes productions et les plus grands exploits. C'est l'infirmité de notre esprit qui lui fait mettre l'immense au-dessus du minuscule et l'innombrable au-dessus du rare. Rien ne justifie cette échelle qui n'a sans doute de sens que pour l'être humain. Pendant longtemps, j'ai cherché à me justifier à mes propres yeux, pensant que, pour un homme rompu à la vie internationale, c'était une chute de porter intérêt à l'amour du couple. J'ai surmonté maintenant ces scrupules dérisoires. Ce qui importe, c'est de forer au même endroit et cet endroit est nécessairement restreint. Dans le grand œuvre de l'humanité, une lettre compte parfois plus qu'un volume. Comme le dit Léon Bloy, « l'histoire est un immense texte liturgique où les iotas et la ponctuation ne valent pas moins que les versets ou les chapitres entiers ».

À certains instants, j'ai eu le sentiment très net d'une densité plus forte, d'une lumière plus vive. Tout se passait comme si venait de se joindre à nous un troisième interlocuteur qui parlait par nos bouches et donnait à l'entretien plus de poids et de clarté. Et cet inconnu bienfaisant n'était que le reflet, le modeste interprète d'un autre invisible et lointain. Je crois que le sentiment de cette soudaine proximité du plus lointain, du plus différent, du plus autre est la racine même de ce qu on appelle l'expérience religieuse. Elle se suffit à elle-même et, à vouloir la définir, l'enserrer dans des concepts, on risque de la détruire. Pour moi, expérience de l'amour et expérience de la foi n'en font qu'une. Loin de se faire du tort, elles se renforcent l'une l'autre, conscientes de procéder d'une même intuition : celle de l'absolu se faisant proche.

Dès les premiers jours, nous avons senti (même moi, l'homme sans foi ni loi) que nous engagions, au-delà de nous-mêmes, un pouvoir qui nous dépassait et en même temps nous habitait. Ce compagnon extrêmement présent et discret, nous ne le nommions guère. Les mots ne lui convenaient pas. Il s'évadait de leur cage. Des anges gardiens de nos enfances il avait la fidélité et la modestie. Il n'avait rien à voir avec le despote couronné, barbu et trônant sur les nuages d'une certaine imagerie. Ce dont nous étions sûrs, c'est qu'il se réjouissait de notre alliance, que tout ce qui la consolidait lui plaisait, que tout ce qui la blessait le peinait. Il se retrouvait en elle et nous la retrouvions en lui.

Ce compagnon se nourrissait des questions que nous nous posions à son sujet. Elles l'enrichissaient d'autant plus qu'elles étaient moins clairement formulées. Sa lumière craignait la lumière. Il existe un seuil au-delà duquel la limpidité se dissout. L'obscurité n'a pas de vertus propres mais l'excès de lumière est périlleux pour la lumière elle-même. Il faut préserver des zones d'ombres pour faire jaillir des lueurs neuves des ressources de la nuit.

Marchant dans la nuit, la nuit au second degré du Paris occupé, serrés l'un contre l'autre par le froid et l'angoisse de tous, nous sentions plus intensément la force de notre lien qu'au soleil de midi à Louveciennes ou à Montfort-l'Amaury. L'amour ne peut se passer de la présence de la mort. La nuit, on la devine proche, à l'aise dans ce décor qui porte sa couleur, et l'on se félicite en son cœur d'être deux vivants, pleins de sang, de chaleur et de désir. Ainsi allions-nous, des grands boulevards à la rue de Nevers en évitant, rue de

Rivoli, de regarder à droite vers l'hôtel Continental où pendaient les immenses drapeaux rouges de l'Allemagne nazie.

Dans cette période où le malheur était la trame des jours, nous avons appris à nous mesurer, à nous ajuster, à nous soutenir. J'y cherche les racines d'une histoire que je ne m'explique pas encore, qui me paraît incroyable, inespérée, très singulière et pourtant accordée aux grandes lois de la nature. La femme et l'homme qui erraient dans les rues obscures de la capitale ligotée devinaient leur destin. Ils luttaient, elle contre elle-même, lui contre la tentation de renoncer au caprice. Ils savaient qu'une main les poussait l'un vers l'autre, qu'ils étaient voués à faire route ensemble et que cette route était le chemin de leur liberté. Ils le savaient, mais redoutaient les embûches du hasard, maître du jeu alors, plus que jamais. Ils se demandaient si l'avenir qu'ils s'imaginaient n'était pas un de ces rêves qui permettent de supporter et parfois même d'oublier la réalité.

À vrai dire, si je me tourne vers ce passé, c'est aussi parce que la distinction entre passé, présent et futur a perdu, pour moi, beaucoup de sa valeur. La durée a pris le visage de l'éternité, le visage que l'on voit à certaines statues antiques sorties du fond des siècles, du fond des mers. Les minutes les plus anciennes me semblent aussi fraîches que les plus récentes et celles-ci ont déjà la patine de ce qui a été largement vécu. Je circule dans les deux sens sur la voie du temps, rapprochant le plus lointain, éloignant le plus proche. Tout se fond dans un éternel présent qui a la couleur et la sonorité de notre attachement.

Je retrouve dans nos randonnées en montagne le climat de notre errance dans Paris. Entre pins et oliviers, livrés à l'air sans entraves, nous créions, comme jadis, notre propre chemin, vivifiés par nos propos, nos rires et nos regards échangés rapidement et comme par surprise. Dans cette marche joyeuse vers la mort il y avait autant de violence et de vérité que dans le désespoir où se complaisent certains, et non des moindres. Notre joie n'avait rien de lyrique ni de théorique, c'était une joie en dedans, ce qui ne diminuait en rien sa force. L'amertume de beaucoup naît de la conscience de l'absurdité du monde où ils sont jetés. Notre joie naissait de l'étonnement, chaque matin, de jouir encore de la grâce qui nous avait été donnée. Dans les deux cas, on n'en revient pas, que ce soit de l'absurdité ou de la grâce. Ce sentiment de stupeur nous séparait de tous ceux pour qui l'univers est une machine sans problèmes à laquelle il convient seulement de s'adapter. Pour nous, rien n'allait de soi, tout faisait question, le mystère était présent dans l'acte même d'exister.

Nous nous sommes sans doute croisés jadis rue Soufflot sans nous savoir destinés l'un à l'autre. Je descendais d'Henri IV ou de la rue d'Ulm. Tu montais de la faculté de droit. Ou c'était l'inverse. Nos regards ont glissé l'un sur l'autre. Peut-être même se sont-ils distraitement posés. Plus tard, cette rue a fait partie, avec quelques autres, de notre domaine privé. Quand nous la prenions, nous nous attendions à voir surgir nos doubles d'autrefois. Les reconnaîtrions-nous tout de suite ? Nous arborions alors une certaine gravité que nous avons perdue depuis. Nous étions peu sûrs de nous et peu sûrs l'un de l'autre. Cela nous rendait un peu compassés. Nous avons acquis plus tard l'insouciance et la gaieté de ceux qui vivent dans la familiarité de l'essentiel.

La rue Soufflot, pour moi, ce fut ce mouvement de pompe aspirante et foulante entre le Luxembourg et la place où voisinent la bibliothèque Sainte-Geneviève et l'église Saint-Étienne-du-Mont, ce fut aussi, un jour, la foule des aveugles, les yeux levés, conduisant leur bienfaiteur braille au Panthéon. Ce fut surtout une de ces rues que nous descendions, la main dans la main, écartant doucement la foule pressée des souvenirs. À Paris comme dans les montagnes de haute Provence nous marchions au milieu de signes. Nous nous laissions faire, heureux de ces compagnons imprévus que nous prenions à témoin de notre indéchirable complicité.

Cette complicité reste, à mes yeux, inexpliquée, aussi inexpliquée que le sentiment qui t'a poussée, toi, vers moi, il y a tant d'années. Tout s'est passé comme si une force supérieure t'avait infusé ce désir, t'ayant jugée digne de porter et nourrir un grand amour. Je n'ai été, dans cette aventure de grâce, que l'objet et le bénéficiaire. Aussi l'univers me paraît-il enchanté.

J'aurais aimé pouvoir donner à la Laurence d'autrefois les attentions, les mots qu'elle espérait sans y croire et dont je l'ai stupidement privée. Je croyais protéger ma liberté. Je la faisais souffrir pour rien, pour le plaisir de m'imaginer maître du jeu. Plus tard, j'ai cherché à réparer les torts causés à la Laurence de jadis mais la peine que j'avais faite, je ne pouvais l'effacer, elle était inscrite à jamais.

Je te faisais sourire d'une phrase ou d'un geste. Au même moment, j'apercevais celle que j'avais été sur le point d'abandonner qui me regardait sans haine mais ne pouvait cacher sa détresse, je ne pouvais plus rien faire pour elle et me hâtais de serrer dans mes bras celle qui, par bonheur, était là, vivante, tout près de moi. Nous parlions souvent ensemble de celle que j'avais traitée si mal. Tu avais oublié, complètement oublié. Moi, je me souvenais et j'éprouvais un plaisir étrange à évoquer la catastrophe frôlée : perdre à jamais celle qui était marquée pour être mon âme complice.

Aimer, ce n'est pas rêver qu'on aime, c'est agir comme si l'on aimait et c'est ainsi qu'on découvre, un jour, qu'on aime pour de bon. Du moins, c'est ainsi que, pour moi, les choses se sont passées. Il n'a pas été toujours facile de te faire admettre que les actes parfois précèdent les sentiments et les préparent. Tu pensais que je parlais ainsi pour te ménager, voire pour t'accoutumer à l'idée d'un éloignement progressif.

En fait, j'arrive assez mal à imaginer mon état d'esprit d'alors. Je le reconstruis après coup et me prête des intentions, des réticences, des calculs là où, sans doute, régnaient l'incertitude et le malaise qui toujours l'accompagne. Pour sortir de ce tunnel il fallait un acte. Cet acte a été le serment échangé à Saint-Clotilde. J'ai compris ce jour-là le sens d'une expression que je n'aimais pas : poser un acte. Mais, avant cet acte, j'éprouvais déjà, sans l'avouer, le besoin violent d'être reconnu par toi. J'avais pris l'habitude de voir en toi mon confident et mon juge et il m'arrivait de truquer mes confidences pour obtenir un jugement plus indulgent. Chacun voulait donner bonne opinion de lui-même à l'autre. Cette émulation ne nous a jamais quittés. Et si l'opinion du monde nous importait assez peu, c'était que chacun de nous tenait terriblement à l'opinion de son partenaire privilégié.

Dès les premiers temps, nous avons découvert entre nous un point commun : nous ne craignions pas la solitude. Ceux qui sont ainsi sont en danger. Ils sont guettés par la passion de l'absolu. Nous avons flairé sur nous cette odeur d'engagement sans retour. J'ai senti fortement à quel point l'être aimé pouvait être un obstacle, obstacle à la débauche bien sûr, obstacle à l'arrivisme, obstacle à la camaraderie facile, obstacle surtout à la vie sans histoires, prise comme elle vient. Je voyais bien que tu étais prête à entrer en amour comme on entre en religion et j'admirais qu'on pût en venir là.

Les choses ont changé quand j'ai commencé, au lieu de te regarder, toi, à regarder ton regard. J'y ai lu des choses non dites, à peine pensées, fortement éprouvées. Un autre monde s'ouvrait devant moi, attirant et inquiétant. J'avais envie à la fois de le fuir et de m'y précipiter.

Nous remontions la rue de Médicis. Les grilles du Luxembourg étaient à notre droite. À travers elles, nous apercevions la masse grise du Sénat et la fontaine Médicis au bord de laquelle jadis nous avions si souvent discuté, rêvé, renoncé, espéré. Sans nous concerter, nous entrions dans le jardin, où les statues des reines de France ont arbitré nos différends et nos réconciliations. Les fidèles pigeons étaient là aussi. Autrefois nous rencontrions parfois un professeur qui nous rendait notre salut, un sourire un peu ironique aux lèvres, nous semblait-il. Nous étions encore trop naïfs pour comprendre qu'il riait à sa jeunesse, à travers nous, retrouvée.

Nous nous asseyions sur un banc et regardions la pièce d'eau entourée d'enfants. À dire vrai, les Tuileries et son bassin entre le Jeu de Paume et l'Orangerie sont encore plus nôtres. Tu arrivais toujours la première. De loin, je reconnaissais ton tailleur bois-de-rose. J'étais partagé entre la joie et le malaise. Je ralentissais le pas. Dès que tu m'apercevais, tu arborais ce sourire confiant qui m'effrayait. Je savais que tu serais un jour déçue, découragée, désespérée. La vanité et la honte se combattaient. J'avançais lentement vers un destin que tu acceptais et que je refusais pour toi, moins par générosité que par mauvaise conscience. Mais ton sourire emportait tout.

Quand nous nous séparions, tu retenais ma main dans la tienne et la pressais doucement. Je retirais ma main le premier et m'en allais sans me retourner. Une fois pourtant, je me suis retourné et je t'ai vue qui me regardais, toute droite, la tête un peu penchée sur le côté. Il m'a semblé que tu disais adieu à mon ombre et j'ai accéléré le pas. Je me suis retourné sur le pont de Solférino, le pont de mon enfance où je rêvais à ma camarade de première communion Claire à qui je voulais vouer ma vie.

La rue de Tournon nous aspirait vers le boulevard Saint-Germain, un des axes de notre double existence. Rue de Tournon, nous montions cinq étages pour rendre visite à notre vieil ami Gabriel Marcel, courroucé par l'époque pour laquelle il avait peu d'indulgence mais toujours merveilleusement apte à discuter, ferrailler et entrer dans le point de vue de l'interlocuteur. Auprès de lui, on se sentait plus alerte, plus combatif, plus disponible. On jouait à traquer la vérité dans cette pièce sombre que la quasi-cécité de son hôte assombrissait encore.

Nous saluions, au passage, la rue Monsieur-le-Prince où un restaurant chinois nous régalait jadis de pâtés impériaux et de poulet aux germes de soja. C'était en 1946. Je sortais, affamé, du Palais du Sénat où se tenait la conférence de la paix avec l'Italie. J'étais le secrétaire général de la commission politique de la conférence et mon chef était un homme politique sud-africain que les prétentions de la France d'obtenir Tende et la Brigue (que nous obtînmes) plongeait dans la stupéfaction. Ce fut là que je pris l'habitude de côtoyer Molotov, qui aurait pu succéder à Staline avec un peu de chance, bureaucrate à lorgnon, impassible, intraitable, impénétrable, ainsi que son second Vichinsky, ci-devant avocat polonais qui fut le procureur des grands procès de 1937, personnage intarissable, épris d'injures grossières et de citations latines, homme sans foi ni loi, prêt à tout, dans la même minute patelin et arrogant, d'une servilité si profonde qu'il était capable de mimer par moments la fierté, laquais et spadassin, juriste pédantissime et, l'instant d'après, chien féroce prêt à déchirer. Dans son ombre se tenait le pâle et muet Gromyko. Errait déjà sur ses lèvres le sourire crispé qu'on lui voit aujourd'hui. L'allure de jeune vieillard qu'il avait alors l'a aidé à traverser les purges et à maintenir dans les tempêtes sa voile que nul vent ne fléchit.

Face à ces seigneurs de l'Est l'Américain Byrnes faisait l'effet d'un touriste du Texas visiblement égaré parmi les diplomates et recherchant, à travers les tentures du Luxembourg, un lieu plus accueillant et plus conforme à la vie parisienne, vue de Dallas. Je m'étais lié avec le Yougoslave Bebler. Je ne sais ce qu'est devenu ce vice-ministre des Affaires étrangères, ouvert et franc, qui était devenu notre ami et que nous avions emmené chez nos Chinois.

Au Carrefour de l'Odéon un camarade rencontré par hasard m'a annoncé en 1932 la parution du livre de morale tant attendu de Bergson. Je me suis précipité dans une librairie et en suis ressorti, tenant à la main *Les Deux Sources de la morale et de la religion*. Je ne regrette pas ma jeunesse d'examens et de concours mais, quand j'entends dédaigner Bergson, j'ai l'impression que c'est moi adolescent qu'on dédaigne. J'ai été rarement aussi ému que lorsque je suis allé quêter le maître à domicile pour le bal des anciens élèves de la rue d'Ulm. Je n'arrivais pas à croire que ce petit homme très poli, pelotonné dans son fauteuil de l'autre côté du bureau, était l'auteur de l'*Essai sur les données immédiates de la conscience,* que je tenais sur mon cœur et que je n'ai pas osé lui faire dédicacer, craignant qu'il n'eût les doigts paralysés. Bergson redevient à la mode. Le prix Nobel Prigogine le cite avec faveur. On lui reconnaît de tous côtés des intuitions prémonitoires. Je me réjouis de ce regain de faveur pour l'apôtre de la durée, qui a su dire : « Le temps est invention ou il n'est rien du tout. »

Rien de durable ne se serait construit entre toi et moi si nous n'avions mis en commun le paquet d'idées, souvenirs, espoirs, désirs propres à chacun. Quand, à quatorze ans, je griffonnais mes réflexions du jour dans un petit carnet rouge, je ne me serais jamais douté qu'il fût possible d'arriver à partager avec un autre être ce qui me paraissait alors proprement incommunicable. Je ne suis pas tombé dans ton existence, tu n'es pas tombée dans la mienne, nos existences, unies et distinctes, se sont liées aussi étroitement que le sont le rameau et la feuille.

Tu m'as enseigné la logique de la passion. Il y a une double cohérence : la cohérence de la raison, telle qu'elle s'exprime dans l'aventure scientifique et une cohérence existentielle, la cohérence du désir. Le désir n'est pas le caprice. Le désir est une démesure qui exige tout et ne s'accommode d'aucun relâchement. Le désir est par nature cohérent. Le désir se structure ou meurt. Cela, je ne m'en doutais pas avant de te connaître. J'assimilais le désir à une fièvre qui couve, grandit et s'éteint. Ce désir éphémère n'a rien à voir avec la passion, telle que je l'ai vue s'installer en toi, à mon admiration et mon effroi. La rigueur inséparable de la démesure, j'ai appris de toi qu'elle était source de joie. Auparavant, je connaissais le plaisir, j'ignorais la joie, ce plaisir grave qui se nourrit du sentiment que l'on a enfin trouvé sa route, celle qu'il suffit de suivre pour aller toujours plus haut, toujours plus loin. Grâce à toi, j'ai compris que de l'alliance de la cohérence et du désir naissait la joie.

Cette démesure cohérente que je voyais briller dans tes yeux innocents et intrépides, comment la définir, comment la donner à voir ? Il faut avoir vécu cet étrange enchaînement d'anxiété et de sérénité.

En novembre 1984, je suis allé rechercher tes tableaux exposés à Notre-Dame-de-la-Garde à Marseille. Au retour, je me suis arrêté à Taizé. J'ai vu, après l'office, le frère Roger. Je lui ai communiqué notre idée de construire l'œcuménisme autour de Marie. Il m'a invité à réciter avec lui un *Ave Maria* devant une icône de la Vierge. Puis il m'a dit : « Votre femme priait avec nous. »

Dans l'acceptation joyeuse par Marie du projet divin, tu voyais une leçon essentielle. Toi-même, quand tu avais pris un parti, tu agissais avec une résolution qu'admiraient, qu'admirent encore nos enfants et petits-enfants. Tu n'as cessé de nous donner l'exemple du pouvoir créateur de la résolution. Tu es morte, habitée par de grands et beaux projets que tu avais commencé à réaliser. C'est à ton âme résolue que je demande la force pour continuer mon chemin.

Que de fois je t'ai crue à la mort ! Puis est venue la dernière épreuve. Je ne pouvais y croire. Je l'avais tant redoutée que je pensais l'avoir exorcisée. Cela arrivait à tout le monde, mais cela ne t'arriverait pas à toi, du moins je ne le verrais pas. Je l'ai vu. Je t'ai touchée et embrassée, froide, inanimée, morte.

Les premiers mois, dans le métro, je me tenais loin des rails pour ne pas céder à la tentation. Je me répétais : qui pensera à elle, si je disparais ? Tu m'as aidé, tu m'aides. Est-ce toi en Dieu ou Dieu en toi ? Je ne t'aimais pas en Dieu, je n'aimais pas Dieu en toi. J'aimais Dieu parce que je t'aimais. Maintenant, je t'aime plus que jamais et, bien sûr, j'aime

Dieu parce qu'il m'est impossible de vous séparer.

Je traverse souvent le jardin des Tuileries, ce jardin de mes premiers jeux d'enfant et de nos premières rencontres. Campé au milieu de Paris comme un grand caravansérail, enfermé entre le Louvre et la Concorde, c'est un lieu de passage obligé pour ceux qui veulent respirer librement en allant d'une rive à l'autre. Bien sûr, c'est un jardin trop sec, trop policé, trop sévère, trop français. Mais l'excès de dépouillement est peut-être la forme la moins inacceptable de l'excès. Il est bon qu'au centre de Paris il y ait un espace presque nu où s'éploie la rigueur. Chaque fois, je m'arrête au bord de notre bassin, entre le Jeu de Paume et l'Orangerie et je te vois arriver dans ton tailleur bois-de-rose.

Je viens de lire que notre ami Jean-Louis Barrault résume ainsi *Le Soulier de satin* : « À tout être qui vit en ce monde il existe un autre qui lui correspond. Ces deux êtres, de toute éternité, s'appartiennent l'un à l'autre. Que ces deux êtres se rencontrent, aussitôt ils se reconnaissent, chacun possède la clef de l'autre. » Cela arrive rarement. Cela nous est arrivé. Et nous avons eu le privilège, contrairement à Prouhèze et à Rodrigue, d'avoir le droit de nous aimer. Nous avons eu la chance de nous aimer au grand jour et l'assentiment public n'a pas diminué ce que nous éprouvions.

Maintenant que tu es absente, je ressens plus encore la force de notre attachement. Je le vis purifié, détaché des aléas, exigences, convenances de la matière. J'entends le battement d'ailes de ton âme. Il n'y a pas d'autre absolu que l'absolu d'un amour. Nous le savions, je le sais plus que jamais.

Je t'ai aimée parce que tu avais été une enfant battue. Tes premières et craintives confidences m'ont indiqué un chemin. Il fallait essayer de te rendre à la joie que ta nature ardente réclamait et pour laquelle tu ne te croyais pas faite. Quand je t'ai rencontrée, tu pensais que ton immense bonne volonté ne serait jamais reconnue, que ton destin était de faire de ton mieux sans jamais recevoir de récompense. Une certaine éducation calviniste t'avait faite victime à la fois révoltée et résignée. Tu es devenue une femme qui disait oui avec enthousiasme à la vie et au monde créé.

Tu ne cessais de me rappeler que je ne parlais que de notre aventure, que je devais me garder de généraliser. Tu aimais pour moi, la formule : « mémorialiste d'un amour », qui indiquait que je ne parlais pas du couple, mais de notre couple. Notre attachement n'est pas un exemple, ni encore moins un modèle, c'est une histoire unique, comme toutes les histoires, qui montre simplement qu'il n'est pas impossible que l'amour fou dure. Mon journal est le journal d'un amour.

Tu étais convaincue que seuls connaissaient la vie éternelle ceux qui l'avaient souhaitée de toutes leurs forces. C'est pourquoi je ne doute pas de ta survie. Je sens ta présence. La puissance du désir est infinie. Pourquoi n'agirait-elle pas sur le fonctionnement de la pensée ? Chaque être, s'il est allé au bout de lui-même, peut se définir par un vœu. Le tien était que nous fussions unis à jamais. Il s'accomplit chaque jour.

Le prétendu déraisonnable est le plus raisonnable. Ton attitude, dès le premier jour, voulait dire cela. J'ai mis du temps à le comprendre. Et puis, je t'ai dit : « Ce que je peux faire de plus raisonnable est de t'épouser. » J'entendais par là que le plus raisonnable était de dire oui à l'amour fou. Pendant quarante années il n'y a pas eu une minute, pas une seconde où j'ai mis en doute ce que j'avais dit alors.

Je viens de déjeuner avec notre ami Jean Sur à notre restaurant *Les classiques,* passage

Dauphine. Tu étais avec nous, près de nous. Vivre, c'est essayer d'aider l'autre à devenir lui-même. L'intensité est plus forte quand un être seulement est en cause, comme ce fut le cas pour nous deux. L'intensité perd quand l'extension croît. Néanmoins (je le vois aujourd'hui où je ne puis plus rien pour toi), on peut aider d'autres, plus lointains, à devenir eux-mêmes en les distrayant, en les écoutant. J'éprouve cela auprès des grabataires de l'hospice de Champcueil. Ils deviennent, visite après visite, des amis.

J'ai dit à Jean Sur que j'avais réussi ma vie puisque je croyais t'avoir rendue heureuse. J'aimerais que tu m'entendes quand je parle de toi. Les mots comptent peu, mais mon ton te ferait plaisir. Il y a tant de choses que je regrette de ne t'avoir pas dites, par pudeur et aussi parce que je pensais avoir le temps. Je chasse cette idée qui me désespère et m'oblige à me souvenir de l'éclat joyeux de ton regard.

J'ai recommencé à regarder la télévision et à aller au cinéma. Les scènes d'amour me font mal. Je ferme les yeux et attends qu'elles finissent.

Il neige, comme il a rarement neigé ici. Tu aimais la neige du Saussay. Nos petits-enfants l'aiment aussi. Ils en font des boules et des bonshommes et prient Dieu, chaque soir, qu'il neige encore. Chaque jour, sur ta tombe, j'enlève la neige qui a recouvert, pendant la nuit, nos deux noms accolés. Le matin, je conduis Christine en voiture à son école de Corbeil. En passant devant le cimetière, nous te saluons d'un « bonjour, Caramel ». Enfants et petits-enfants parlent beaucoup du Lion Caramel et, bien sûr, je guette toutes les occasions de prononcer ton nom.

Tu es présente dans tous mes rêves, quel qu'en soit le thème. Ma conscience assoupie se concentre sur l'essentiel : tu as été, tu es mon âme complice. Tu es à la fois très près et très loin. Au moment où tu m'as quitté, nous parlions souvent de cette *distance critique,* au-delà et en deçà de laquelle la relation se corrompt. Nous en faisions le test de la relation authentique, qui est passion de la différence. Tu es partie et, avec toi, est partie cette expérience quotidienne et merveilleuse de la proximité qui respecte la nécessaire distance. Aujourd'hui, la distance entre nous est si cruelle que, par la mémoire et l'image, je cherche à la réduire. Ce n'est pas notre couple que je m'efforce de reconstituer mais toi, l'âme de mon âme. La relation duelle ne crée rien par elle-même. Il faut que l'un des deux (car il faut bien qu'il y ait un premier) comprenne viscéralement que l'absolu est l'absolu d'un amour. Alors, si le second n'est pas le dernier des lâches et des imbéciles, tout le reste suit, croît et embellit. L'essentiel est d'accepter la confiance de l'autre, de lui en être reconnaissant, de se sentir lié par elle. L'amour est acte de confiance, de confiance en sa propre confiance et en la confiance de l'autre. La confiance existe, certes, dans l'amitié mais la confiance de l'amour est absolue, inconditionnelle, sans réserve, sans retour. L'amour absolu naît de la confiance absolue.

Quand je voyais passer dans tes yeux une ombre, je savais que l'angoisse n'était pas loin, cette angoisse avec laquelle tu vivais quand je t'ai connue, qui te faisait regarder avec terreur, au restaurant, les femmes âgées et seules, préfiguration, pensais-tu, de ton sort, qui te poussait à parler sans cesse des romans anglais où de grandes maisons de campagne sont peuplées de jeunes enfants, qui te conduisait à outrer tes opinions politiques pour dissimuler que ton véritable intérêt était ailleurs, dans la région de l'âme sensuelle qui te paraissait à jamais interdite et dont tu savais d'instinct qu'elle était la source et l'aliment de tout le reste.

Jour après jour, mois après mois, année après année, j'ai vu fondre ton anxiété. Quelle joie pour moi ! Cela m'aide à tenir le coup de penser que je t'ai délivrée de l'angoisse. Je puis dire que c'est l'idée qui me soutient. Je la cajole, la nourris de mes souvenirs, de nos souvenirs et me répète que, s'il en a vraiment été ainsi, je n'ai pas vécu pour rien.

Ce qui a existé à un certain degré d'intensité vit à jamais. Ton visage, ton corps, ta voix exprimaient cette conviction. Elle est mienne. À l'intérieur du temps qui s'écoule se cache un autre temps qui est fait de moments privilégiés, de points de lumière, de fragments d'éternité. Ce temps de l'instant perpétuel, c'est ta demeure et, en écrivant, je m'efforce d'y pénétrer. J'espère ainsi revivre ces minutes où nous sentions palpiter notre joie.

Par moments, je m'imagine que tout cela est un mauvais rêve, que, dans la pièce à côté, je te trouverai, lisant ou cousant et que tu lèveras sur moi tes yeux. Je reçois ton regard, mais c'est celui des photos que j'ai disposées aux quatre coins de mon bureau et qui sont désormais mon bien le plus précieux. Ce regard est figé. Cependant, à force de le fixer, je l'anime. Quand je suis à Paris, dans le train de banlieue ou en voiture, je me le représente et, sitôt la porte de mon bureau franchie, me précipite pour le recevoir à nouveau.

On me demande de participer à un colloque sur le couple et le développement de la personnalité. Je pense que cet énoncé te fait sourire, comme il m'a fait sourire. Ces personnalités qui redoutent que l'autre n'entrave leur développement sont touchantes, mais je ne puis m'empêcher de douter de leur force. Un être qui existe ne craint pas d'être étouffé par l'autre. Il attend de lui une aide, un complément, peut-être même un apport décisif. Il sait qu'on se trouve en s'oubliant, en partageant avec l'autre ses désirs, ses rêves, ses ambitions. Seul, replié sur soi-même, qu'aurait-on tenté, quels risques aurait-on pris ? On veut réussir (dans le sens le moins impur du terme) pour être estimé par l'être que l'on met à part de tous les autres.

Autour de la maison les pigeons roucoulent. Je n'aime plus ce roucoulement qui enchantait mon enfance. En juin dernier, il me semblait que les pigeons roucoulaient ta mort.

Aujourd'hui, je t'ai emmenée déjeuner à Saint-Vrain avec notre vieil ami Robert Raulet. Il était le même lorsqu'il était notre curé à Ballancourt. Nous avons beaucoup parlé du Lion, de son courage indomptable et de sa conception mystique de l'amour. Sur le chemin du retour, il m'est apparu que j'avais vécu, auprès de toi, l'aventure mystique d'un amour durable.

Ton âme avait un corps. Elle s'en est évadée, elle l'a abandonné sur un lit d'hôpital. Depuis, ton âme est près de moi. Elle est présente, non comme une lumière incertaine que le moindre souffle risque d'éteindre, mais comme l'air vivifiant qui accourt du large ou des hauteurs, l'air que nous respirions sur la Côte sauvage ou dans les Préalpes de Provence. Au moment où je lâche pied, je me sens enveloppé et soutenu par la force invisible de ton sourire.

Nous avons vécu l'absolu au quotidien. Je m'efforce de le vivre encore. L'amour durable n'est pas une institution mais une aventure qui allie l'excès et la répétition, qui enracine la démesure. Chacun de nous était reconnu par l'autre comme l'être qui lui tenait lieu de tout. À partir du moment où j'ai su que j'étais ainsi reconnu par toi, ma vie a pris un sens et je me suis fixé comme but d'essayer de te rendre un peu de ce que tu me donnais.

L'expérience de l'absolu au quotidien nous mettait sur la même longueur d'onde que les religieux. Tu te disais attirée par la vie monastique et te réjouissais des aspects de notre existence qui s'en rapprochaient et s'affirmaient au cours des années. Tu étais de plus en plus séduite par la solitude, la solitude à deux bien sûr. Tu l'appelais le Paradis et, quand tu disais cela, les yeux brillants, j'étais pénétré de joie.

Nous étions déjà compagnons d'éternité. Se préparer à devenir compagnons d'éternité, cela veut dire, ici et maintenant, vivre une alliance à toute épreuve, à la vie à la mort et, si la force en est donnée au survivant, au-delà de la mort. Cet objectif n'a rien de mutilant ni d'inhumain. L'absolu est chassé de la politique fort heureusement, mais une société sans absolu est une société morte. Les couples qui vivent l'absolu au quotidien sont la chance de la cité.

Ton sourire faisait taire mes contradicteurs, et troublait les sceptiques. Désormais je l'évoque auprès de ceux qui t'ont connue. Auprès des autres je n'ai d'autre arme que la faible parole. C'est pourquoi vivre avec nos enfants et petits-enfants m'est précieux. Pour eux, le Lion Caramel est bien vivant. Je te vois, à table avec eux, riant de bon cœur. Cependant, seul, je t'ai toute à moi, plus encore qu'aux premiers jours après ta mort. Alors, je t'en voulais presque d'être partie sans moi. Tu étais en voyage, mais ton retour ne pouvait se faire qu'avec mon propre départ dont je n'étais pas maître. Maintenant, c'est un peu différent. J'ai appris (ce fut très dur) à te voir sans te voir. Et la constance de ta présence, que nul hasard, nul accident ne peut désormais interrompre, est, pour moi, lumière et chaleur.

Je viens d'écrire ces lignes et me voici submergé par une vague de tristesse. Tu me manques. Je voudrais te voir, t'entendre, te toucher. J'ai édifié contre ces vagues qui surviennent sans prévenir un barrage de raisonnements, de souvenirs, d'images mais, parfois, elles sont trop fortes et démolissent tout. Je ne puis faire qu'une chose : attendre le reflux.

On naît corps. On devient âme. Nos âmes se sont façonnées l'une l'autre. Chaque jour, ce travail s'approfondissait, s'affinait. Cette action réciproque était une joie. Son absence creuse dans ma vie un trou, un gouffre. Mais à quoi bon ressasser cela ? Je ne dois penser qu'à toi, à ton bonheur conquis à jamais. Ton image fixée pour l'éternité fait naître en moi celui qui espère et veut lutter. Jusqu'à maintenant je luttais pour écarter de toi le chagrin, la maladie, la douleur. La mort a mis fin à ce combat. Je cherche un emploi où tu sois présente.

Je voudrais montrer qu'on s'accomplit en aidant l'autre à s'accomplir. L'individu n'est pas une fleur en pot qu'on cultive avec soin. L'homme n'existe que s'il s'expose. Il se trouve en s'oubliant. Il se fait en aidant un autre à se faire. Cela, nous l'avons vécu. Tu m'as fait autant que je t'ai faite. Tu m'as poussé à publier mes manuscrits comme je t'ai poussée à exposer tes toiles. Chacun de nous était plus heureux de la réussite de l'autre que de la sienne propre. C'était plus vrai encore dans le domaine essentiel de la recherche de ce que nous appelions l'absolu, faute d'un terme plus imagé. Ce fut un dix-huit juillet (et c'est pourquoi nous nous sommes mariés un dix-huit septembre) que nous avons découvert l'un près de l'autre, l'un par l'autre le mot qui nous a permis d'aller plus loin, d'aborder la région périlleuse qui, seule, vaut la peine d'être explorée et d'où l'on ne revient pas. Ce mot, comme tant d'autres, a perdu de sa force. Pour nous, il a sonné haut et clair. C'est le mot gratuité. Il s'opposait à l'utilitarisme, à l'arrivisme dont les fleurs, déjà à l'époque de l'Occupation, jetaient un éclat sombre et vénéneux. Aimer sans calcul, à tous risques, s'est imposé à nous, ce soir-là et pour toujours, comme notre règle de vie, notre honneur et notre joie.

Depuis que ton corps m'a quitté je ne cesse de hanter les routes de ce Hurepoix que tu as non seulement aimé mais défriché, labouré, semé, moissonné, déchaumé. Je retrouve ta trace dans tous les champs. Ici, tu as eu peur du gel après le redoux. Là, tu as maîtrisé à temps une menace d'échaudage. Tu as arpenté, le corps penché, le visage à la fois anxieux et ravi, chaque centiare du domaine. Quand tu rentrais, tes récits avaient une saveur épique. Le compte rendu achevé, tu murmurais : « Quel admirable métier que d'aider à faire pousser tout ce qui demande à vivre ! »

Je circule dans ce paysage comme un fantôme qui regarde à peine, entre les collines boisées, le souple déroulement des terres que la lumière d'Ile-de-France nappe d'une douce netteté. Je te promène avec moi. Sulivan disait : « Ce Lion aime rouler. » Mais j'attends en vain les remarques, les exclamations qui donneraient un sens au spectacle. Je continue cependant à sillonner la campagne. Tu es contente, j'en suis sûr, de me voir revenu dans ce pays qui fut notre premier pays, le lieu des premières semaines de notre union. Je suis retourné à nos sources, à ce Saussay que tu as entretenu, embelli, orné de tout ton cœur et dont tu es à jamais inséparable. Chaque pierre, chaque meuble, chaque étoffe, chaque arbre, chaque fleur évoque ta présence, conserve le souvenir de ton passage.

La neige cache la forêt sous un brillant vêtement d'emprunt. Ton enveloppe charnelle cachait ton être et, maintenant, ta grande âme peut révéler sa fulgurance, que le monde, dans sa brutalité frivole, aurait été incapable de supporter. Chaque nuit, je retrouve l'éclat de ton regard. La complicité du silence et de l'ombre me permet de deviner ton secret : il te fallait fuir pour t'approcher, plus près encore, du centre dont la nostalgie te brûlait. Aujourd'hui, plus rien ne t'empêche d'aller jusqu'au bout de ton exigence. J'ai eu la chance d'être placé sur ton chemin et de pouvoir t'aider à le parcourir. À celui qui m'a accordé ce double privilège je demande de ne pas décevoir ton espérance, d'étancher ta soif d'absolu.

Tu avais donné comme titre à ton exposition de graphismes *Mouvement et structure.* Ce titre établissait un lien entre nos recherches, et c'est pourquoi il te plaisait. Le mouvement aspire à la structure, la structure donne corps au mouvement. Il suffisait de te voir gouverner tes deux pendules pour s'en convaincre. Cette dialectique de l'invention et de la cohérence me paraît être le secret des grandes passions, des grandes œuvres. Un grand amour est une structure en mouvement, qui dire en se renouvelant.

Tous deux nous étions fascinés par le problème de l'alliance dans la différence, qui est l'inverse de l'unité factice de la chimérique fusion. Exécutant tes graphismes, tu étais aux prises avec l'énigme de la symétrie brisée, de la dissymétrie créatrice.

Je poursuis, seul, notre entreprise. J'y crois moins puisque tu n'es plus là. Je m'efforce de retrouver l'entrain de naguère. Ce qui m'y aide, c'est le désir d'être digne de toi, de ton courage que rien n'abattait et de ton inébranlable patience.

Je suis fidèle à notre pensée commune, si je dis qu'être libre, c'est être cohérent, que la liberté est liberté dans le cadre d'une cohérence, cette liberté qui était la nôtre à l'intérieur de notre amour sans réserve. Le désir de cohérence rend inventif. La cohérence est le tremplin de l'invention.

Je te serre contre moi comme un trésor que ni rien ni personne ne peut plus m'enlever. Tu es devenue la petite Laurence de poche dont je disais dans *Laurence de Saintonge* que, « nichée dans le creux de l'étoffe, elle n'avait plus à craindre le vertige de l'espace sans bornes ». Tous ceux qui t'ont connue t'imaginent en femme énergique et impavide. Je suis le seul à savoir que sous ce masque tremblait une enfant anxieuse que je n'ai cessé de rassurer. Te rassurer, te redonner confiance était ma raison de vivre.

J'étais récompensé par ton enthousiasme, ta joie d'exister. Tu mordais dans le fruit de la vie à belles dents. Tout t'amusait. Le moindre incident déclenchait ton rire gai et franc. Grâce à toi, le monde n'était jamais ni terne, ni morose. Tu m'as appris que l'amour durable était un enthousiasme lucide, l'alliance de l'enthousiasme et de la lucidité.

Par moments, il me semble que je ne t'ai pas encore rencontrée, que je suis à la veille de faire ta connaissance. J'ai lu tes livres et tes articles d'économie politique, j'ai vu tes tableaux à tes différentes périodes, j'ai lu tes lettres, j'ai sous les yeux d'innombrables photos. J'ai toute la documentation nécessaire. Il ne me reste qu'à attendre ta venue.

Les enfants de nos petits-enfants jetteront peut-être un coup d'œil sur *Le livre de Laurence.* Ils se mettront à aimer, je l'espère de tout cœur, le Lion Caramel. Ils retrouveront en eux, en leurs cousins, en leurs propres enfants des traits qu'ils te devront. Ils se féliciteront qu'il y ait eu un scribe attentif à noter tes propos, tes gestes, tes projets. Cela justifiera mon existence à leurs yeux.

Je viens d'écrire dans un article : « L'homme vraiment libre limite sa liberté. Une alliance à toute épreuve, en limitant la liberté, la rend cohérente et durable. » Nous l'avons fait tous les deux et nous savons que c'est le chemin de la joie. Je le sais encore. Il me suffit d'y penser pour retrouver la lumière qui nous éclairait.

C'est l'heure précisément où le soleil éclaire ton portrait. Tes yeux brillent comme s'ils étaient vivants. Ton sourire est chaud. Cela durera une demi-heure, puis l'ombre gagnera ton visage, en commençant par le bas. Les dernières minutes, ton front et ta chevelure seront les seuls à résister, à conserver le reflet des rayons.

Je te regarde et je comprends, une fois de plus, que j'écris pour qu'on t'aime. Mon journal n'a été publié que pour cette raison et, si je m'obstine à écrire, c'est pour augmenter les chances de te faire aimer.

J'écrivais pour toi. Je continue. Je te lisais la page. Maintenant, je m'adresse à toi. Je cherche à me prouver ainsi que mes mots sont capables de t'atteindre, même s'ils restent sans écho.

J'aime les longues randonnées solitaires en voiture. Tu es à ma droite. Je te fais la conversation. Personne n'est là pour s'étonner de m'entendre parler tout seul. À ta place je mets mon manteau et le caresse tout en disant ce qui me passe par la tête. Je te montre une vieille église, un grand arbre isolé, les champs inondés de lumière. Je devine tes commentaires et tes exclamations devant la nature dont tu admirais la générosité inépuisable. Au retour, je roule plus lentement pour nous permettre de nous imprégner du silence moiré du soir. Tu aimais cette expression que j'avais employée à la fin d'un article de la revue *Corps écrit* que tu avais illustré de trois de tes graphismes. Hélas ! l'article a paru après ta mort.

Tu étais l'invention même. Ton esprit agile, ouvert et créatif ne restait jamais en repos. En te voyant dessiner tes graphismes, il me semblait assister parfois à la création du monde, au surgissement des formes élémentaires (hélice, coquille, spirale), des structures primordiales. Ta peinture est une peinture pythagoricienne, éclairée par la touche de fantaisie qui introduit dans le monde des nombres la qualité et la gratuité. Jean Guitton a écrit que ta peinture ajoute à la peinture par le nombre « un je ne sais quoi de qualité pure au-delà de la quantité, une sorte de rayonnement mystique de beauté qui fait de ses œuvres une synthèse prophétique de ce que serait une science future, où la qualité se poserait sur la quantité comme un rayon divin ».

Un mois après ta mort, devant l'église Saint-Germain-des-Prés, j'ai été abordé par une jolie jeune femme qui m'a dit : « Excusez-moi. Je ne connais pas votre nom, mais je crois vous reconnaître. Vous êtes, n'est-ce pas ? l'auteur de *L'Amour durable*, un livre qui a beaucoup compté dans ma vie. Votre femme... » Je l'ai interrompue : « Je l'ai perdue il y a un mois. » Alors la jeune femme a éclaté en sanglots. Je lui ai serré le bras et je suis parti.

J'ai raconté cette rencontre à notre vieil ami Emmanuel de Siéyès. Il m'a dit (et il ne cherchait pas à me faire plaisir) que ce qui resterait de moi serait un portrait de toi. J'ai tremblé de joie. Je n'ai écrit et n'écris que pour te faire aimer. Laurence-Lion, comme disent mes lecteurs, est mon unique personnage. Je suis autobiographe d'un autre que moi, de celle qui fut ma raison de vivre, de celle qui fut, qui est encore la chance de ma vie.

Tu n'es pas dans un espace imaginaire, dans

un au-delà mystique, tu es dans l'en deçà, au plus intérieur de moi-même, délivrée des contingences, entièrement vouée à l'aventure mystique de notre alliance à toute épreuve. Je suis dans ton éternité comme tu es dans la mienne. Grâce à toi je continue à vivre l'absolu au quotidien, l'absolu au jour le jour.

Tout de suite après ta mort, mon idée du pouvoir créateur du temps, explication de l'amour durable, m'a paru une dérision. Maintenant, j'en découvre la vérité. Semaine après semaine, mois après mois, j'approfondis mon lien avec toi. J'ai compris, il y a dix mois, qu'il dépendait de moi de te laisser t'éloigner ou de te faire vivre. Depuis, chaque jour je me sens un peu plus proche de ma compagne d'éternité. Je vivais pour te rendre heureuse. Maintenant, je ne sers plus à rien, mais cette inutilité me permet peut-être (du moins est-ce ce que je me répète) de me rassembler autour de l'essentiel, autour de toi, devenue, par-delà les contingences, pur désir d'absolu.

Je viens d'écouter le chœur final de la *Passion selon saint Jean.* Que de fois nous avons entendu ce passage sublime d'une œuvre sublime ! C'est l'année Bach et tu es morte avant. Je te répète la phrase que Jean-Sébastien aimait tant : « Jésus, tu es la mort de la mort. » Ton image que je regarde sourit et paraît me dire merci. « *Que ma joie demeure* » fut la première pièce de Bach que nous avons écoutée ensemble. Tes yeux étaient remplis de larmes. La fidélité dans la joie, nous l'avons vécue, nous la vivons encore.

Enracinement, souvent, est synonyme de routine, sclérose. Pour nous, c'était liberté, joie. La joie jaillissait de l'enracinement. L'articulation paradoxale entre l'enracinement et la joie est un des secrets que tu m'as transmis et que je conserve dans mon cœur.

Par enracinement j'entends un attachement à toute épreuve, qu'aucun obstacle, aucune menace, aucun malheur ne peut briser. De la certitude du caractère inaltérable de ce lien naît une joie puissante, sereine et libre, car un enracinement rend libre pour tout le reste. Si je milite pour l'amour durable, c'est pour que le plus possible de femmes et d'hommes connaissent la liberté et la joie de l'enracinement créateur.

Je ne me suis connu qu'après être sorti de moi-même. Je me suis vu dans toi. Mon vrai moi s'est logé en toi, comme ton vrai moi s'est logé en moi. Ce dédoublement symétrique nous a sauvés du narcissisme et de son sous-produit, l'arrivisme.

Quand nous arpentions la haute Provence, je t'appelais « ma sœur des chemins ». Tu as été la sœur de ma vie, tu lui as donné sa figure et son mystère, l'alliance d'espace et de sens sans laquelle l'existence n'est qu'une absurde plaisanterie.

Il faut, pour cela, être capable de passion. Tu en étais capable et m'en as rendu capable par contagion. J'entends capacité au sens fort du mot qui l'apparente à vocation. Tu avais la vocation de la passion et ma chance inespérée a été que cette vocation m'ait pris comme objet. L'union chez toi d'une passion violente et d'une intelligence exceptionnelle explique ton destin. Une telle union est rare et ceux qui en sont les témoins et les complices ne peuvent que l'admirer. Ils sont conquis et entraînés.

La complicité absolue entre deux êtres est la seule chose qui compte. Le reste sert à tuer le temps. Tout devient clair, en théologie et en métaphysique, dès qu'on comprend qu'être et amour sont une seule et même réalité.

Tu m'as quitté il y a onze mois. Je viens d'écrire pour les *Messages* du Secours catholique un billet sur notre ami Jean Rodhain. Vous vous entendiez à merveille. Vous étiez de la même race, de la race des mystiques actifs, chez qui méditation et action, loin de s'exclure, se fortifient l'une l'autre. Comme lui, tu portais à l'extrême la réflexion et l'élan. Nos amis s'y trompaient parfois. Les uns t'avaient vue songeuse, concentrée, d'autres avaient eu le spectacle de ton exubérante activité. Ils ne dépeignaient pas la même femme, quand ils parlaient de toi. C'était pourtant la même. J'avais le privilège de saisir l'instant où la mystique se transformait en femme d'action. Toi-même ne te rendais pas compte du passage. Cela se faisait, à tes yeux, tout naturellement. Cela coulait de source.

Tu n'étais pas ainsi quand je t'ai connue. La nécessité de la vie, la résolution de tenir le coup quoi qu'il advînt avaient donné le pas à la femme d'action. La mystique étouffée rongeait son frein. L'amour l'a libérée.

Un coup de téléphone d'Agen m'invite à un colloque en septembre sur Louis Lavelle, mon professeur de philosophie au lycée Henri IV. J'ouvre *L'Être,* dédicacé par lui en 1928, et tombe sur ce passage : « Nous sommes plus près des morts que nous avons aimés que des vivants : la proximité charnelle de ceux-ci nous rassurait sur leur présence ; nous en laissions la charge à la nature, sans penser qu'il était toujours nécessaire d'y contribuer nous-même intérieurement. Dès que la nature est défaillante, cette nécessité apparaît : c'est sur nous seuls que repose désormais le soin de maintenir leur présence vivante. » Cela, je le sens et suis reconnaissant à mon maître de l'avoir dit si fortement.

Il ne nous parlait pas de l'amour humain. L'Université redoute ce thème. Elle a des pudeurs de vieille fille quand elle l'aborde. C'est bon pour les poètes. Celui qui a converti, pour un moment, Jean Cocteau, le père Charles Henrion, voisin de Villecroze, nous a dit la phrase qui résume tout : « Vous devez être le Christ l'un pour l'autre. » Quand je redisais cela en public, nous nous amusions, tu t'en souviens, des mines scandalisées de certains. Dire que les amants doivent être le Christ l'un pour l'autre, c'est dire que l'amour humain peut conduire au Christ, conduire à Dieu. C'est dire aussi que l'amour est, avant tout, dévouement. Nous étions entièrement dévoués l'un à l'autre. Nous ne nous en apercevions même pas. Pour nous, un amour était dévoué ou n'existait pas. Je souffre de ne pouvoir rien faire pour toi de tangible, de palpable. Il ne me reste que les pensées et les mots.

Tu étais le cœur le plus fidèle et l'esprit le plus libre. Cette alliance rare peut-elle aider d'autres ? Je l'ai souhaité, le souhaite encore. Comment combler le fossé qui se creuse tous les jours entre le rationnel et l'irrationnel ? Le choix n'est pas entre la science et la magie, entre les laboratoires et les sectes. L'intelligence et le désir peuvent aller du même pas. Tu l'avais pressenti quand tu as entrepris tes graphismes.

La dissymétrie dans la symétrie, objet de tes

recherches, rejoint l'imprécision dans la précision de la physique quantique, qui ne prévoit que des probabilités de localisation, mais dans un espace bien délimité. L'imprécision dans la précision, c'est la liberté à l'intérieur de certaines limites. Les limites ne sont pas des brimades, mais des chances. L'esprit vit des rives qu'il se donne. Les limites guident l'illimité. La règle a un pouvoir provocateur. L'invention d'une règle est la règle de l'invention.

Le fleuve construit la rive qui l'empêche de se répandre et de se perdre. La rive donne au fleuve sa cohérence. La rive est la chance du fleuve. De même la structure est la chance du désir, l'ombre la chance de la lumière, l'engagement la chance de la liberté, la règle la chance de l'invention, le corps la chance de l'âme, le fini la chance de l'infini, l'homme la chance de Dieu.

Nous aimions la courte échelle des idées. Chacun de nous se réjouissait de la découverte faite par l'autre. Je ne vois plus tes yeux brillants d'excitation, je n'entends plus ta voix claire et enjouée, mais je sens une présence qui me dit que je dois continuer et tâcher d'aller plus loin.

Je n'inventerai pas tes réponses. Elles sont inscrites en moi. Tu es devenue plus moi que moi-même. Tu es à jamais la meilleure partie de moi-même. Est-ce moi qui te fais vivre ou toi qui me fais vivre ? En t'aidant à survivre je me maintiens en vie.

Je t'ai emmenée à la messe à Saint-Julien-le-Pauvre. Tu aimais cette église et tu aimais ses offices. Serrée contre moi, tu écarquillais tes yeux candides, comme pour mieux entendre les chants.

En sortant j'ai retrouvé le printemps des bords de Seine et l'animation que la brise donne aux arbres, aux monuments, aux passants. Toi-même glissais parmi eux, ombre légère et souriante.

Maintenant que tu n'es plus visible, je comprends mieux ce qui te rendait différente des autres, te mettait à part, même parmi tes proches. Il était impossible de ne pas être frappé par ton exigence d'absolu. Tu avais beau la dissimuler, elle éclatait, elle sautait aux yeux. Rien n'est plus gênant, rien n'est plus inconfortable. Pour certains, rien n'est plus odieux que ce rappel de l'essentiel qui oblige à s'interroger sur ce qu'on a fait de soi-même, sur la misère où on s'est laissé croupir. J'ai souvent remarqué ce malaise chez ceux qui apprenaient à te connaître. Ils hésitaient entre la fascination et la fuite. Ils se savaient percés à jour par ton regard lucide et franc. Ils battaient déjà en retraite.

Avant et après toi, j'ai vécu et je vis dans le faux monde apparent. Avec toi je vivais dans le monde réel, ce monde que les gens raisonnables nient, qui, seul, existe, et qui, grâce à ta présence à mes côtés, continue à m'éclairer de ses rayons. Ce monde vrai est celui de la confiance absolue, de la transparence, que la différence ne cesse de provoquer et de nourrir.

Qui aurais-je été si je n'avais reçu le cadeau de ta confiance ? Bien sûr, je ne peux plus compter sur ses manifestations, mais elles sont ineffaçables, elles m'ont fait celui que je suis. Le pouvoir créateur de la confiance explique le pouvoir créateur du temps. La confiance engendre la confiance. La confiance fait boule de neige. La suite des jours, loin de la détruire, la rend durable.

Cette confiance naissait de ton intelligence ardente. Tous admiraient ton intelligence, à la fois vigoureuse et subtile, mais tous ne se rendaient pas compte à quel point cette alliance de l'esprit de géométrie et de l'esprit de finesse était soutenue par ton ardeur naturelle. Intelligence et ardeur, chez toi, se renforçaient mutuellement. Ton intelligence ardente faisait de toi quelqu'un que personne ne pouvait oublier.

Toi qui étais, qui es toujours ma toute proche, tu désirais, de ta grande âme, vivre grandement, c'est-à-dire sans réserve et sans retour. Tu l'as fait jusqu'au bout. Tu m'as appris que l'amour était une aventure mystique, non un mysticisme de l'illusoire fusion, mais une *mystique de l'alliance,* de l'alliance à toute épreuve qui différencie sans séparer et unit sans confondre. Cette mystique de l'alliance donne son sens à l'univers car Dieu, c'est le désir d'alliance. L'alliance éclaire tout comme fait la lumière.

Plus encore que lorsque tu étais là, je me tourne vers toi aux moments de perplexité. Vivante, tu tenais compte de mes désirs, de mon plaisir, de ma paix. Tu étais partiale en ma faveur. Morte, tu es toi, tout entière. J'en appelle à la partie la plus haute, la plus exigeante de toi-même et n'ai aucune peine à deviner la réponse. Tu m'as toujours aidé. Maintenant tu m'aides plus que jamais.

Le saule que tu as planté, il y a environ trente ans, au bord de la douve est devenu immense. Ses branches tombent dans l'eau et son sommet a la majesté d'une crinière de lion. Dans le jardin tu m'accompagnes, la main dans la main. À l'intérieur de l'enceinte du Saussay nous nous sentions merveilleusement libres, comme, d'ailleurs, à la Campagne du

Lion et, plus tard, à Saint-Cézaire. Un site est un espace de liberté. Comme tu l'as constaté dans ton travail de peintre, les limites ne sont pas des brimades. Elles provoquent et forcent à créer.

Les limites du corps ne te gênent plus, mais tu es fixée à jamais dans tes limites d'amante d'un homme, en un lieu, en un temps. C'est cela, la véritable éternité, et non la vague errance d'un ectoplasme. Ton regard du dernier jour te résumait. Quand je l'ai reçu, je t'ai reçue tout entière pour toujours. Je ne cesse d'écouter le timbre de ce regard.

La tendresse illimitée que j'ai pour toi, je la reporte sur ceux qui m'entourent. Il me semble qu'ainsi je te reste fidèle. Tu m'as agrandi le cœur et je crois qu'il ne se rétrécira plus.

À des inconnus de rencontre je laisse entendre parfois que tu es malade, paralysée, couchée dans une chambre retirée, comme fut longtemps la femme de Jean Paulhan. En parlant de toi comme d'une vivante je ne leur mens pas. Pourquoi leur préciser que cette chambre est la chapelle de mon cœur ? Ainsi je puis, pendant quelques minutes, nourrir l'espoir de te retrouver à mon retour, telle que tu m'attendais, patiente, confiante, aimante.

Tes gestes, ta voix évoquaient pour tous la dignité du grand amour, cette dignité simple qui est un tremblement surmonté, le tremblement de ceux qui ont entrevu l'absolu et craignent non de le manquer mais de lui manquer. Si je me suis entouré de tes photos, ce n'est pas par fétichisme funèbre, c'est pour apercevoir tes sourires, tous radieux, qui, tous, témoignent que tu avais trouvé ta vérité. Je suis heureux de t'avoir aidée à la trouver. Je ne pouvais faire meilleur usage de ma vie.

Par toi, avec toi, près de toi j'ai vécu le corps à corps de deux âmes. Seul le corps à corps donne au dialogue des âmes sa force et sa plénitude. Nous avons découvert ensemble le secret : l'étreinte est l'aventure extrême de l'esprit. Le visage de l'autre devient le visage du monde. Il se défait et se recompose comme font les paysages de vent et de soleil. L'ombre se dissipe sous les coups du désir. La lumière du corps aimé tremble, se rassemble et expire dans la joie, qui recouvre tout comme la mer montante recouvre le sable. Le visage de l'amante est noyé dans les algues de la chevelure. Les rives féminines enserrent le fleuve mâle. Le dialogue même de l'amour révèle la mystique de l'éternité.

Le mysticisme du sexe est une formule creuse. En revanche, comment nier le pouvoir mystique de l'étreinte où les forces de vie se joignent, s'ajustent, s'épousent dans un élan qui est celui de la pensée à la recherche d'une autre pensée, de l'angoisse en quête d'une autre angoisse, de l'esprit lui-même en présence du monde dont il se sait à la fois le démiurge et le reflet ? Les corps qui s'étreignent n'ignorent pas qu'ils sont les instruments d'une exigence qui les dépasse. Tout ce qui compte est en jeu dans cette complicité à l'allure de combat. La lueur qui brille au bout de l'affrontement est la lueur discrète de l'absolu. Un rien peut l'éteindre. Un rien aussi la transforme en brasier.

Dès le premier jour, tu avais senti qu'en ce pays fascinant et redoutable la plus extrême pudeur était nécessaire. Ce qui pouvait paraître de la pudibonderie était, de ta part, instinct très sûr. Quand l'essentiel est en cause, l'enjouement lui-même se fait grave. Le ton de la lourde plaisanterie ou celui de la précision anatomique conviennent peu à ces moments qui transcendent la durée et scintillent dans la nuit du quotidien comme des étoiles. Tu savais, par tes intonations, par tes gestes, allier l'ordre et le désordre, la tenue et la passion, la fierté et l'abandon.

Le regard de l'amante qui succombe au vertige est celui d'une morte ressuscitée, où l'espérance triomphe de la peur. Sur la scène du théâtre intime la pièce qui se joue s'appelle mort et résurrection. En ces minutes où la jointure des corps est jointure d'âmes le corps devient âme et l'âme devient corps. L'exaltation mène à la défaillance et la défaillance est l'annonce d'une nouvelle exaltation. Cette alternance de temps forts et de temps faibles est le mystère même de l'esprit qui connaît, comme le cœur, la systole et la diastole. Les mouvements du désir sont les mouvements de l'esprit. L'esprit se nourrit de la gloire de l'étreinte.

Lorsque tu te taisais, le silence, c'était encore toi. Aussi te reconnais-je dans le silence qui, désormais, entoure ton visage. Tu es devenue mon Lion silencieux, aussi proche que mon Lion merveilleusement vivant de naguère. Tu t'es réfugiée dans la plus haute tour, fixée dans ta plus haute exigence, qui t'a fait devenir celle que tu étais et que tu demeureras à jamais.

Ma vraie vie s'est terminée le jour de ta mort. Depuis, je mène une vie, qui, étrangement, se raccorde aux années lointaines qui ont précédé notre rencontre, une vie où rien n'est vraiment nécessaire sauf la résolution de rester fidèle à notre foi dans la valeur absolue de l'amour absolu. Tu incarnais cette conviction. J'espère que la Laurence que j'ai essayé de décrire pourra aider ceux qui ont le désir de vivre une vie fortifiée par l'amour.

Tu m'approuvais quand je te parlais du pouvoir créateur de la limite et cette approbation m'étonnait un peu venant de toi, la passionnée qui refusait toute limite. Aujourd'hui je devine ce que cachait cette apparente contradiction. Tu passais à la limite, quand il s'agissait de l'amour, mais à l'intérieur de certaines frontières, dans le site de notre vie à deux. J'apprends de toi que le secret suprême est la recherche de l'infini à l'intérieur du fini, le passage à la limite dans des limites précises, la cohérence inventive qui ne cesse d'inventer pour durer, ainsi que le fait la nature.

Tu es là, tu me regardes et je ne te vois pas. De l'autre rive tu suis avec indulgence mon agitation de vivant. Tout cela te paraît minuscule et comique. Autrefois, par moments, tu prenais conscience de cette dérision et dans tes yeux passait une lueur venue de très loin. Tu ne tardais pas à te ressaisir et mêlais ta voix au chœur des inconscients, mais tu savais que j'avais perçu l'instant où tu t'étais sentie d'ailleurs et la fêlure qui t'avait faite étrangère et presque d'un autre monde.

Plus que jamais, tu es ma complice, tu me donnes, jour après jour, la force nécessaire pour jouer la comédie et paraître prendre au sérieux ce que les autres appellent les choses importantes.

La marche que je faisais tous les matins à Salernes, sur le chemin des Espèces, à Saint-Cézaire, à nos restanques, je la fais maintenant tout près de toi, au cimetière, d'où j'aperçois les bois où nous errions et les champs que nous cultivions. Et pourtant celle qui m'accompagne n'est pas une de tes images passées, c'est toi, au dernier jour, telle que notre vie à deux t'avait faite, endormie dans l'espérance de la résurrection.

La Laurence d'aujourd'hui, c'est la Laurence de toujours, portée à son degré suprême. Que me demande, qu'attend de moi cette Laurence, devenue son essence immuable ?

Je ne puis croire, en dépit d'une superstition fortement enracinée en chacun, que tu t'intéresses aux détails de mon existence. En revanche, je pense que ton âme se préoccupe de la mienne, et par âme j'entends, bien sûr, l'âme charnelle, lourde de tous les désirs du corps et du cœur. Mon âme ne doit pas décevoir la tienne. Le piège, pour moi, serait le ricanement du désespoir qui permet tout, excuse tout. T'être fidèle, c'est être fidèle à ta foi en l'éternel présent, cet éternel présent que nous avons vécu ensemble, que tu vis et que j'essaie de vivre.

Tu n'es pas mon passé, tu es mon avenir. Quoi qu'il m'arrive, où que je sois, je serai guidé par ton regard innocent et hardi. Il me suffira de le lire. Je saurai, aux moments les plus incertains, ce que je me dois, ce que je nous dois. Je ne t'ai jamais vue hésiter quand l'honneur était en jeu. Par honneur j'entends non le respect des conventions morales mais le sens immédiat de ce qu'il convient de faire si l'on veut pouvoir se regarder dans une glace sans rougir. Je crois que cet honneur, pour toi, ne faisait qu'un avec ce que Valery Larbaud appelle « la dignité du grand amour ».

J'ai toujours admiré ton intelligence exceptionnelle et ton courage intrépide. Ton goût de l'honneur a renforcé mon admiration, mêlée à une immense tendresse. L'union de l'admiration et de la tendresse crée un sentiment d'une force exceptionnelle. Depuis plus de quarante ans, ce sentiment me soutient. J'ai réussi ma vie, puisque j'ai pu rendre heureux la femme pour qui j'avais à la fois admiration et tendresse. J'aurais pu faire ton malheur ou, plus simplement, te faire vivre dans l'atonie et la déception. J'ai eu la chance merveilleuse de te voir accomplir ta trajectoire, de l'ardeur anxieuse des débuts jusqu'à la sérénité passionnée des derniers jours.

Du côté des étangs où est enfouie une certaine mélancolie de mon enfance, tu m'accompagnes dans ma promenade solitaire. Je laisse flotter mes pensées qui se dissolvent en une rêverie dont tu es le centre et la lumière. Dans les années heureuses ta voix claire m'enchantait. Je te faisais répéter tes phrases pour l'entendre encore. Aujourd'hui, je fais les demandes et les réponses et ma main qui cherche la tienne prête au vent la douceur de ta paume et de tes doigts.

J'écoute, entouré de tes images, la cantate 148 de Bach. Jean-Sébastien est un des premiers hommes dont nous ayons parlé ensemble. Pour toi, il était la musique inspirée par Dieu. Sans lui, ta foi n'eût été que froide action de grâces pour la beauté de la nature. Bach t'a donné une vibration, un enthousiasme qui ont fait de toi celle qui ne cesse de s'émerveiller. Je n'ai jamais rencontré que chez toi cette alliance de l'enthousiasme et de la lucidité, tous deux portés à l'extrême.

Tu étais à la fois très sérieuse et très gaie. Tu avais découvert l'essentiel, et il s'était emparé de toi. Alors, pour tout le reste, tu te sentais libre, disponible, comme une grive, au sommet d'un frêne, un matin d'été, chante le soleil qui se lève et la campagne qui s'étire.

La nuit, endormi, je sens sur mon épaule le poids de ta tête, je sens nos corps emmêlés et me réjouis que l'illusion de ta disparition se soit évanouie avec le jour. Je prends patience pendant les heures claires dans l'attente de ton retour nocturne. Le rythme d'autrefois est inversé, cet autrefois, encore si proche, où je ne te quittais que pour sombrer dans le sommeil.

Je sors de l'église de Ballancourt. Pendant l'office, une évidence m'a frappé : la foi n'est pas un moyen de connaissance mais un acte. J'ai entendu des croyants affirmer, les uns qu'il existait une autre rationalité que la scientifique (laquelle ?), les autres que la foi était une connaissance affective. Ni les uns ni les autres ne m'ont convaincu. Comme l'amour, la foi est de l'ordre non de la connaissance mais de l'action. Il n'y a pas de foi pure, il n'y a que des preuves de foi et ces preuves sont le recours à la prière et aux sacrements. Je crois que tu penses ainsi. Toujours je t'ai vue préférer la pratique, même sous ses formes les plus humbles, aux raisonnements des théologiens. On peut aller plus loin et suggérer que les actes religieux transforment mystérieusement le réel, qu'ils sont doués d'une efficacité particulière. C'est avec raison que l'Église met l'accent sur la Communion des Saints. À côté du monde des choses existe le monde des visages, dont les règles sont différentes. Les lois scientifiques sont conformes à la logique de la raison, puisque c'est la raison humaine qui les construit. La logique des visages suit d'autres chemins, très à l'écart et très secrets, tel que qui donne gagne, je donne, donc je suis. Cette *logique de la gratuité,* tu l'as vécue jusqu'au bout et depuis les premiers jours, ces premiers jours où nous avons découvert ensemble l'absolu de l'étreinte.

C'est sur cet absolu de l'étreinte que nous avons construit, jour après jour, notre aventure hiérogamique. Toujours nous avons vu dans l'acte d'amour le signe qu'il était possible d'établir un rapport absolu avec l'absolu. La grivoiserie, la gaudriole prouvent négativement la gravité de l'étreinte. Elles lui rendent un hommage indirect en cherchant à réduire à des gestes dérisoires l'enjeu même de l'être humain.

J'ai passé des années à essayer d'établir un pont entre mystique et sexualité. Beaucoup ont été scandalisés ou ont souri. D'où vient que l'acte d'union de l'homme et de la femme fasse si peur, alors qu'en principe tous les tabous sont violemment rejetés ? La seule explication est que chacun sait qu'une vie sexuelle heureuse est la réussite suprême. La misère sexuelle de beaucoup est la raison de ce silence apeuré. La relation la plus intense, pour un être humain, est l'étreinte. L'étreinte ouvre sur l'absolu. L'étreinte, c'est l'infini resserré. La gloire de l'étreinte est la respiration de l'univers.

L'étreinte ne cherche pas à abattre les frontières qui séparent les êtres. L'étreinte est l'alliance de deux corps qui se servent de leur différence pour aller au-delà du conventionnel, du banal et du médiocre. La répétion n'exclut pas la démesure, elle lui donne une structure. Pendant quarante ans, cette démesure structurée a été notre ligne de vie.

Les corps ont pitié des âmes et veulent les aider à se rejoindre. Il faut les laisser faire. L'étreinte est le plus haut langage du corps et de l'âme.

Nous nous amusions parfois à imaginer les conversations de nos deux anges gardiens, et de ce divertissement nous tirions des enseignements. Nous pensions qu'ils se réjouissaient de tout ce qui nous rapprochait et détestaient l'amour-propre qui tue si bien l'amour.

Charles de Foucauld a écrit que l'essence de l'amour était « qu'on ne vive que pour l'accomplissement de ce seul désir : le bien de l'être aimé ». Ainsi ai-je vécu près de toi. Ainsi vis-je encore, convaincu que maintenant tu t'accomplis entièrement puisque tu appartiens pour toujours à l'amour.

L'absence de ta présence me désespère. La présence de ton absence me révèle ton éternité.

L'éternité, ce n'est pas un glas qui résonne à l'infini, l'éternité, c'est l'éternel présent.

Tu m'aides à vivre, jour après jour. Tu es la lueur dans la forêt qui donne au voyageur courage et espoir. Le sourire de tes yeux et de tes lèvres m'éclaire le monde.

Tu demeures celle qui fait confiance et prend tous les risques, sans calculs, en toute gratuité. Dans les chemins de l'invisible nous continuons à marcher la main dans la main, et je sens, à mes côtés, le frémissement de ton amour, constructeur de lumière. Jamais tu ne m'as dit : « C'était le temps du bonheur. » Jamais tu ne me l'as dit. Le temps du bonheur pour toi, pour nous, c'était toujours, ce fut toujours, jusqu'à la dernière heure, le moment présent.

Si tu as connu le bonheur, c'est que tu étais passionnée. On dit que la passion est une maladie, qu'elle détruit. Pour un peu, on l'assimilerait à la drogue. Rien n'est plus faux. La passion d'amour, à son point extrême, développe toutes les forces. À mesure que la passion s'emparait de toi, avec ton consentement enthousiaste, je t'ai vue grandir en intelligence, en bonté, en courage.

La vraie liberté est la liberté structurée par le désir de répondre à un appel. Il y a quarante ans, j'ai répondu à l'appel silencieux que tu m'as lancé et cette réponse a donné son sens à ma vie. Tu n'étais pas une belle âme, tu étais une grande âme et, comme le dit Pascal, « dans une grande âme tout est grand ».

J'aime parler de toi, mais j'ai l'impression que je parle derrière ton dos, que tu vas te retourner et me dire que j'exagère, que j'en dis trop. Au vrai, je n'en dis pas assez. La pudeur, ta pudeur me retient. Mais je continue. Parler de toi me réchauffe, me fait vivre plus vite et plus fort. C'est ce que je viens d'éprouver avec Moenis Taha Hussein (que nous avions rencontré en 1953 chez son père, le grand écrivain égyptien). Il vient de perdre sa femme. Nous avons parlé, en complices, d'elle et de toi, de vous qui nous faites sentir si fortement notre inutilité. Je n'ai pas osé lui dire que, si nous étions encore là, c'était parce que nous nous savions aimés par vous, plus que jamais. Je n'avais pas besoin de lui dire cela, je sentais qu'il le sentait.

L'album contenant les reproductions de trente de tes tableaux est imprimé. Enfants, petits-enfants et amis admirent ton talent. Je suis heureux d'avoir pu faire cela avant de te rejoindre.

Dans ton œuvre tu t'es approchée du mystère de la complicité des contraires et, particulièrement, de l'invention et de la cohérence. La vraie passion est méthodique. Tu étais une passionnée méthodique.

Dans une de nos premières rencontres, tu m'as cité la phrase de Pascal : « Le premier effet de l'amour, c'est d'inspirer un grand respect. » Ce respect mutuel ne nous a jamais quittés. Nous n'y pensions pas, nous le vivions. Respecter un être, cela paraît aller de soi. En fait, c'est un défi permanent lancé à l'égoïsme et à l'instinct de possession. Quand, par l'amour, on a appris à respecter un être, il devient plus facile de respecter les autres. L'amour est la meilleure préparation à la vie en société. L'amour, école de respect, cette formule étonne. On voit, d'ordinaire, dans l'amour, la libération de toutes les pulsions. Ce laisser-aller n'est qu'une contrefaçon de l'amour. Les amants savent que le véritable amour est l'amour-respect.

Le respect a mauvaise presse, de nos jours.

Un réflexe infantile confond respect des hiérarchies et respect des personnes. Or, l'on peut mépriser une fonction et respecter l'homme qui en est revêtu. On peut être révolutionnaire et respecter les individus.

Ainsi, dès nos premiers jours, tu as attiré mon attention sur l'essentiel, sur la nécessité du respect si l'on veut tenter une grande entreprise. On discute sur le respect des valeurs. Cela n'a pas beaucoup de sens. La valeur, c'est le respect.

Très tôt, j'ai pressenti que j'étais à tes yeux celui avec qui tu pensais accéder à l'amour absolu. Tu ne me l'as pas dit explicitement. C'était d'autant plus évident. Cette découverte faite auprès de toi, grâce à toi, je l'ai faite pour toujours. Je sais désormais qu'un attachement n'a de force que s'il ouvre sur l'amour absolu, le vrai nom de ce que les philosophes s'obstinent à appeler l'Être.

Il y a deux mondes, le monde des phénomènes et le monde des consciences. Connaissance scientifique et expérience intérieure, théorie réfutable et subjectivité irréfutable répondent à l'existence de ces deux mondes.

La connaissance scientifique est communicable. L'expérience intérieure n'est communicable qu'avec la complicité de l'amour.

Le lien entre les deux mondes s'établit grâce à la pratique de la raison ardente, capable à la fois de comprendre et d'éprouver, alliant ainsi les pouvoirs de l'intelligence et les puissances de la vie.

La raison ardente est désir de cohérence et cohérence du désir. L'alliance de deux raisons ardentes construit l'amour durable. Tu étais la raison même et l'ardeur même. En glorifiant la raison ardente, je te glorifie, toi.

Aujourd'hui où je ne puis plus te toucher, où je te parle sans entendre ta réponse, je sens ta présence, comment on sent, le soir, dans la campagne, la présence de la lumière. Cette présence secrète est conforme à la logique de l'amour qui ne réclame aucune assurance. De même que tu m'as d'abord aimé sans espoir, de même mon amour n'a pas besoin de signes physiques pour vivre. De tels signes me manquent, et je préfère là-dessus me taire. Cependant leur absence ne diminue en rien ma certitude que mon existence n'a de sens que par toi et qu'avec toi.

Quelques jours avant ta mort, tu m'as dit que tu aimerais mourir, que tu avais assez vécu, « que c'était bien ainsi ». Comme je m'étonnais, tu as ajouté que, si nous pouvions mourir ensemble, ce serait encore mieux. Je crois comprendre aujourd'hui ce que tu voulais dire. Tu pensais que ton stage sur terre était révolu. Tu aspirais à être délivrée des servitudes du corps et de la société humaine pour vivre librement ta relation avec l'absolu, avec l'amour. Tu ne formulais pas les choses aussi nettement mais je crois bien que telle était ta pensée. Tu estimais avoit fait ton temps et te sentais prête à quitter le monde des apparences pour un monde plus réel. Tu parlais doucement, sans ostentation mais avec la fermeté de qui a mûrement réfléchi. Ces paroles, qui m'avaient surpris sans m'alarmer, je leur donne maintenant leur vrai poids. Comme toujours, tu m'avais devancé, toi près de qui il me semblait chaque jour assister à l'invention de l'amour.

Je vis avec toi comme si tu étais partie en voyage, pour un très long voyage comme tu n'en as jamais fait sans moi. J'attends ton retour en regardant tes photos, surtout celle où, le corps légèrement penché et le sourire aux lèvres, tu es sur le point de parler. Toute notre histoire est rassemblée dans cette image où ton visage lumineux affirme l'existence du bonheur. Des amis me disaient souvent et m'ont redit depuis que l'étonnant chez toi, c'était, dans ton regard, la certitude, cette certitude qui t'a fait vivre, m'a fait vivre, me fait survivre.

J'ai cru passer du « tu es, donc je suis » au « je suis, donc tu es ». En fait, le passage n'a pas eu lieu. Je ne pouvais m'y résoudre. je continue à n'exister que grâce à toi.

Ton parcours est terminé. Le mien se prolonge dans le sillage du tien, du nôtre, car tu détesterais me voir séparer le tien du nôtre. Pour pouvoir faire face, je me répète sans cesse que je t'ai conduite jusqu'au port, que, jusqu'au bout, j'ai été, tout près de toi, ton plus solide, comme tu disais. Cela m'aide à surmonter le désespoir. Tu as été mon âme de confiance et je crois avoir été la tienne. Aux heures de perplexité je t'interroge comme autrefois et n'ai pas de peine à deviner ta réponse. J'avais fait de toi mon centre de vie. Il y a eu la dernière nuit, ton cadavre, ce trou au milieu de ma vie, ce trou qui a grandi et tout rempli. Peu à peu, j'ai pu te remettre au centre, avec ton visage de vivante, heureuse et riante. L'infini, c'est l'infini d'un visage.

En te voyant vivre, j'ai appris que l'être humain peut tout, quand il sait ce qu'il désire. Tu désirais ardemment ma présence et tu l'as eue. Je me suis mis à désirer ton bonheur et, jusqu'au dernier instant, je crois que tu l'as connu. La grâce que nous avons reçue a été de comprendre le désir de l'autre. J'ai compris que tu désirais ma présence, tu as compris que je désirais ton bonheur. Dans ce désir violent de te rendre heureuse entrait, pour une large part, la passion pour la justice enseignée par ma mère. Je voulais réparer les torts causés à l'enfant battue, à l'adolescence malmenée. J'espérais apporter dans une vie mal commencée un peu de lumière et de chaleur. Je te remercie de me l'avoir permis. Vivre, c'est aider un autre à vivre.

Ce que j'écris peut paraître complaisant et ridicule. Cela m'est égal. Tu sais que c'est vrai et cela seul m'importe. Tu sais que nous sommes allés jusqu'au bout, aussi loin qu'on peut aller et que, chaque jour, nous allions un peu plus loin.

J'aurais voulu crier aux autres qu'il y a un secret de vie, un seul et qu'il ne faut pas le manquer. Ce souci de prosélytisme, tu me le reprochais parfois avec une tendre ironie. Tu me faisais remarquer le caractère unique et intransmissible de l'aventure personnelle. Tu ne me convainquais pas. Maintenant encore, je crois possible de communiquer un peu de ce que j'ai éprouvé et éprouve encore. Il me paraît inacceptable de garder pour soi un secret aussi simple qui se formule ainsi : trouver sa joie dans la joie de l'autre.

Bien sûr, cela m'arrange de penser cela, cela m'aide à supporter l'insupportable, la réalité de ton absence. Cependant, si nos derniers jours avaient été gâtés par une dispute, des mots blessants, des silences réprobateurs, je sais que je n'aurais pas résisté à la tentation d'en finir une fois pour toutes. J'ai pu, aux heures les plus sombres, évoquer ton image apaisée et confiante. Ton sourire courageux, innocent m'a rendu la force qui était sur le point de m'abandonner. Je te remercie d'être, plus que jamais, la chance de ma vie, toi, ma raison ardente.

DU MÊME AUTEUR

Aux Éditions Gallimard

LE SEL DE LA TERRE *(sous le pseudonyme de Vincent Laborde).*

ANTOINE, MON FRÈRE.

LE SILENCE ET LA JOIE *(Grand Prix du roman de l'Académie française).*

LE REMORDS EST UN LUXE.

MOI, CÉSAR.

FUGUE À DEUX VOIX.

MÉMOIRES D'UN LION.

L'OLYMPIEN.

LES AVEUX INFIDÈLES.

LA GRANDE CONFÉRENCE.

LE PROTECTEUR.

LA NUIT DE SALERNES.

LE JEU DE LA CONSTANCE.

LE LION BAT LA CAMPAGNE.

LAURENCE DE SAINTONGE.

JE N'AI PEUR DE RIEN QUAND JE SUIS SÛR DE TOI *(entretiens avec Jacques Paugam).*

LE BERGER DES NUAGES.

LE LIVRE DE LAURENCE *(journal).*

  LA NATURE EST UN TALISMAN.

  LES ARBRES ET LES JOURS.

  L'AMOUR DURABLE.

COMME LE DIAMANT.

COMPLICES.

AU VENT DE LA MÉMOIRE *(Grand Prix catholique de littérature).*

TU NE MOURRAS PAS.

LES CHOSES SIMPLES *(Prix Marcel Proust).*

LA FORCE DES JOURS.

BIEN PLUS QU'AUX PREMIERS JOURS.

Chez d'autres éditeurs

PAUL VALÉRY OU LE MYSTIQUE SANS DIEU *(Plon).*

HOMME ET FEMME IL LES CRÉA *(Fayard).*

LE COUPLE EN QUESTION *(dialogue avec Marc Oraison) (Beauchesne).*

LA DIFFÉRENCE CRÉATRICE *(Le Cerf).*

DISCOURS DE RÉCEPTION À L'ACADÉMIE FRANÇAISE ET RÉPONSE DE M. MICHEL DÉON *(Institut de France).*

L'EMPIRE DE LA PASSION *(Presses universitaires de France).*

CONFESSION DE DON JUAN *(Albin Michel).*

Impression Bussière à Saint-Amand (Cher),
le 13 janvier 1989.
Dépôt légal : janvier 1989.
Numéro d'imprimeur : 6091.
ISBN 2-07-038108-0./Imprimé en France.

45519